망할 놈의 수학

MALDITAS MATEMÁTICAS
by Carlo Frabetti

MALDITAS
MATEMÁTICAS

망할 놈의 수학

카를로 프라베티 장편소설

최유정 옮김 | 이광연 감수

문학동네

일러두기

1. 주석은 모두 옮긴이주다.
2. 장편 문학작품 및 기타 서적은 『 』, 미술작품 등은 〈 〉로 구분했다.

차례

수학은 아무짝에도 쓸모없어!

앨리스는 집 근처 공원 벤치에 앉아 있었다. 무릎 위에 책과 공책을 펼쳐놓고 한 손에는 볼펜을 쥐고 있었다. 햇살이 눈부시게 반짝였고 새들도 즐겁게 지저귀며 아침을 반겼지만, 앨리스는 기분이 영 좋지 않았다. 숙제를 해야 했기 때문이다. 앨리스는 큰 소리로 투덜댔다.

"어휴, 이 망할 놈의 수학! 신나게 놀거나 재미있는 모험소설을 읽어도 모자랄 판에 왜 이 바보 같은 셈이나 하면서 아까운 시간을 허비해야 하지? 수학 같은 건 아무짝에도 쓸모없는데!"

그 순간 앨리스의 푸념이 마치 마법의 주문이라도 된 양, 벤치 옆 무성히 우거진 덤불 뒤에서 아주 별난 사람 하나가 불쑥 모습을 드러냈다. 훌쭉하니 키가 컸고, 근심이 가득한 얼굴에 촌스러운 옛날 옷을 입은 남자였다. 할머니네 집에서 낡은 찰스 디킨스의 책을 본 적이 있는데, 꼭 그 속의 삽화에서 막 튀어나온 사람 같았다. 남자가 걱정스러운 목소리로 물었다.

"꼬마 아가씨, 내가 제대로 들은 건가? 수학은 아무짝에도 쓸모없다고 말한 게 맞아?"

"네, 맞아요. 제가 그렇게 말했어요. 그런데 아저씨는 누구세요? 공원에서 여자애들이나 괴롭히는 그런 사람처럼 보이지는 않는데……"

"글쎄, 네 입장에서 본다면 나는 '여자애를 괴롭히는 사람'이 될 수도 있겠는걸? 듣자하니 수학을 무척이나 싫어하는 모양인데, 갑자기 수학자가 나타난다면 그야말로 너를 괴롭히는 일이 될 테니 말이야."

"아저씨, 혹시 수학자세요? 그보다는 들국화 꽃잎이나 한 장 한 장 떼며 여기저기 서성대는 시인 같아 보이는데요."

"그래, 나는 시인이기도 하지."

"그럼 시나 한 수 읊어주세요."

"글쎄, 그건 나중에 하자. 그보다 먼저 해야 할 일이 있거든. 수학이 아무짝에도 쓸모없다고 말하는 고집쟁이 꼬마 아가씨를 만났을 때는 그 아가씨가 뭘 잘못 생각하고 있는지 알려주는 게 우선이라서 말이야."

앨리스가 못마땅해하며 대꾸했다.

"저는 고집쟁이가 아니에요! 그리고 저한테 수학 얘기를 하실 생각이면 사양하겠어요!"

"이런, 바보 같은 소리를 하네? 하지만 곧 수학에 흥미를 갖게 될 거다."

"제가요? 천만에요! 저는 수학에 눈곱만큼도 관심 없어요. 수학에 대해 아는 것도 없고, 알고 싶지도 않아요."

"얘야, 잘못 생각하고 있는 거야. 스스로 생각하는 것 이상으로 너는 이미 수학에 대해 많은 걸 알고 있어. 예를 들어보자. 너는 몇 살이니?"

"열한 살이에요."

"그럼 작년에는 몇 살이었지?"

"세상에, 그런 바보 같은 질문이 어디 있어요? 당연히 열 살이었죠."

"그것 봐라. 셈을 할 줄 알잖니. 그게 바로 모든 수학의 기초이자 시작이란다. 너는 조금 전에 수학은 아무짝에도 쓸모가 없다고 말했어. 그런데 만약 우리가 숫자라는 걸 사용하지 않고 셈도 할 줄 몰랐다면, 이 세상이 어떻게 되었을까?"

"분명 훨씬 더 신나고 즐거운 세상이 되었겠죠."

"하지만 그랬다면 너는 네가 열한 살이라는 것도 알지 못했을 텐데? 다른 사람들도 그 사실을 모를 테고 말이야. 그럼 지금처럼 공원에서 빈둥거리지 못하고 어른들처럼 일터에 나가 일을 해야만 할 거다."

"저는 빈둥거리는 게 아니라고요! 수학 공부를 하고 있었단 말이에요!"

"아, 훌륭한데? 열한 살짜리 아이들이 수학 공부를 한다는 건 참 대견한 일이지. 그나저나 숫자 십일을 어떻게 쓰는지는 아니?"

"당연히 알죠. 이렇게 쓰잖아요."

앨리스는 공책에 '11'을 썼다.

"잘했다. 그런데 왜 숫자 일을 두 개 연이어 써서 십일을 표현했을까?"

"그렇게 해야 하니까요. 늘 그렇게 써왔잖아요."

"꼭 그런 것만은 아니란다. 예를 들어 옛날 로마인들에게는 숫자 일이 두 개 붙어 있는 게 십일이 아니라 이, 그러니까 둘이라는 의미였거든."

남자는 앨리스가 쥐고 있던 볼펜을 가져가더니 공책에 크게 'II'라고 적었다.

앨리스가 고개를 끄덕였다.

"맞아요. 할머니네 집에 로마 숫자가 적힌 커다란 시계가 있는데, 거기에는 숫자 2 대신 II가 쓰여 있어요."

"그래, 잘 봤구나. 그런데 그렇게 쓰는 게 더 논리적인 것 같지 않니?"

"왜요?"

"만약 네가 사과를 하나 가지고 있는데, 그 사과 옆에 사과를 하나 더 놓는다면 네게는 총 두 개의 사과가 있는 셈이야. 그렇지?"

"물론이죠."

"그럼 만약 숫자 1 옆에 숫자 1을 하나 더 놓는다면 1이 두 개 있는 거고, 그러니 둘이 되는 거지."

"정말 그러네요. 한 번도 그런 생각을 해본 적이 없어요. 그렇다면 왜 11이 둘이 아니라 열하나를 의미하게 된 거죠?"

"지금 나한테 수학에 대해 질문하는 거니?"

"음, 네, 그런 것 같네요."

"조금 전까지만 해도 수학에 대해서는 아무 말도 하고 싶지 않다더니, 이제 보니 꽤 변덕스러운 아이구나? 생각이 자꾸 바뀌네?"

"딱 한 번뿐이에요 뭐! 그리고요, 아저씨보고 제 앞에서 수학 얘기를 늘어놔달라는 건 아니거든요? 그냥 숫자 11이 왜 그렇게 된 건지만 설명해주시라고요."

"숫자 11에 대해서만 설명해줄 수는 없어. 수학에서는 모든 것이 서로서로 얽혀 있어서, 어느 하나가 논리적인 방법으로 풀려야만 다른 것들도 잘 풀릴 수 있거든. 숫자 11을 왜 그런 식으로 쓰게 되었는지 설명하려면 먼저 수의 역사가 어떻게 시작되었는지부터 얘기해야 해."

"길어요?"

"그래서 걱정이다."

"어휴, 저는 긴 얘기는 딱 질색이에요. 끝에 가서는 처음 얘기가 하나도 기억이 안 나거든요."

"그래, 좋다. 그렇다면 수의 역사 대신 수에 대한 짤막한 얘기를 들려주는 것으로 하자. 결국 같은 얘기니까……"

숫자는 어떻게 만들어진 걸까?

남자는 얘기를 시작했다.

"옛날 옛적에 양을 딱 한 마리만 가진 목동이 있었단다. 그 목동은 수를 셀 필요가 없었어. 양이 보이면 양이 있다는 뜻이었거든. 양이 보이지 않으면 양이 없다는 의미니까 그제야 없어진 양을 찾으러 나가곤 했지. 세월이 지나 목동은 양을 한 마리 더 키우게 되었단다. 그러자 상황이 좀 복잡해졌어. 어떤 때는 두 마리가 한눈에 보였지만 어떤 때는 한 마리만 보이기도 했고, 또 어떤 때는 두 마리 다 안 보이기도 했지."

앨리스가 남자의 말을 끊었다.

"얘기가 어떻게 흘러갈지 딱 알겠네요 뭐. 그러고서 목동은 세 마리, 네 마리, 다섯 마리, 이렇게 계속 더 많은 양을 키우게 되었겠죠. 맞죠? 그런데 그런 식으로 세다보면 저는 그냥 잠들어버릴지도 몰라요."

"조바심내지 말고 들어보렴. 이제부터 재미있는 얘기가 나오거든. 네 말대로 목동이 키우는 양의 수는 점차 더 늘어갔고, 목동은 매번 그 수를 확인하느라 바짝 긴장해야 했단다. 한눈에 딱 보고 양들이 전부 있는지, 아니면 한 마리라도 모자라는지 알아야 했으니까. 그런데 양이 열 마리가 되자 목동은 놀라운 발견을 하게 되었어. 양 한 마리를 셀 때마다 손가락을 하나씩 폈더니 다 세고 나자 양손의 열 손가락이 다 펴졌다는 사실을 깨달은 거야."

"참 대단한 발견 했네요."

"그래, 바보 같은 소리로 들리겠지. 너는 어렸을 때부터 수를 세는 걸 배워왔으니까. 하지만 목동은 단 한 번도 수를 세는 걸 배운 적이 없었거든. 자, 이제 내 얘기에 끼어들지 말고 계속 들어보렴…… 목동이 양을 딱 열 마리만 키울 때까지는 모든 게 괜찮았어. 그런데 곧 몇 마리의 양을 더 키우게 되자 그때는 손가락이 모자라게 되었지."

"발가락을 쓰면 되잖아요."

앨리스의 말에 남자가 맞장구를 쳤다.

"그래, 아마 맨발이었다면 그랬을 테지. 실제로 예전에 몇몇 문화권에서는 수를 셀 때 발가락까지 사용했단다. 그래서 우리처럼 손가락으로 수를 열까지만 세는 게 아니라, 열 개의 손가락과 열 개의 발가락을 모두 동원해서 스물까지 수를 셌어. 하지만 목동은 가죽으로 만든 신발을 신고 있었을 테고, 수를 세려고 매번 신발을 벗는 건 아주 불편하고 번거로운 일이었을 거야. 그러다보니 더 좋은 생각이 떠올랐지. 수를 세는 데 열 손가락만으로 부족하자 돌멩이를 이용해야겠다고 말이야. 그래서 나무 그릇에 돌멩이를 하나 집어넣었지. 그릇에 넣은 돌멩이 하나가 열 손가락만큼의 수를 의미한다는 것을 기억하면서 말이야. 그러고는 다시 손가락을 이용해 하나부터 수를 세기 시작했단다."

"그렇다면 굳이 그릇에 돌멩이를 넣지 말고 그냥 머릿속으로 손가락 열 개를 이미 한 번 사용했다는 사실을 기억하면서 수를 세는 게 더 쉬운 방법 아니에요?"

"'바보들만이 자기 기억을 믿는다'라는 속담이 괜히 있겠어? 게다가 우리의 목동은 자기 양떼가 계속해서 늘어나리라는 걸 예견하고 있었을 거야. 그러니 양의 수가 얼마가 되든 몇 마리인지 셀 수 있는 일종의 체계가 목동에게는 필요했겠지. 더욱이 돌멩이를 사용하면 된다는 걸 알고 나니 양손을 동원하지 않아도 되어 좋았을 테고. 그래서 이제 목동은 처음 열 마리의 양을 셀 때도 손가락을 하나씩 펴는 대신 진흙으로 만든 또다른 그릇에 돌멩이를 하나씩 넣기 시작했단다."

"복잡해요, 복잡해!"

"복잡할 것 없어. 오히려 몇 마리인지 설명하기가 한결 더 쉬워졌지. 양을 셀 때 손가락을 하나씩 펴는 대신 진흙 그릇에 돌멩이를 하나씩 넣었고, 열 개가 다 되면 그 그릇을 비운 다음 나무 그릇에 돌멩이를 하나 넣었어. 그러고는 비워진 진흙 그릇에 새로이 돌멩이를 하나씩 넣기 시작했단다. 예를 들어 마지막까지 수를 다 세고 나서 봤을 때, 나무 그릇에 돌멩이가 네 개 들어 있고 진흙 그릇에 돌멩이가 세 개 있다면, 그건 바로 양을 열 마리씩 네 차례 센 거고 거기에 양 세 마리가 더 있다는 뜻이었지. 다시 말해 마흔세 마리인 거야."

"그럼 나무 그릇에 돌멩이 열 개가 다 차면요?"

"좋은 질문이야. 그렇게 되자 목동은 놋쇠로 된 세번째 그릇의 도움을 받았단다. 나무 그릇에 있던 열 개의 돌멩이를 비우고, 그 열 개의 가치에 해당하는 돌멩이 하나를 놋쇠 그릇에 넣었어. 놋쇠 그릇은 나무 그릇의 열 배의 가치를 지니는 거고, 나무 그릇은 진흙 그릇의 열 배의 가치를 지니는 셈이었지."

"그러니까 놋쇠 그릇 속 돌멩이 하나가 백 마리의 양을 뜻한다는 거군요."

"그래, 이제야 감을 좀 잡은 모양이구나. 하루해가 저물고 나면 목동은 풀어놨던 양들을 우리에 넣고 하나하나 수를 셌어. 이걸 한번 보렴."

남자는 다시 펜을 집어들고 앨리스의 공책에 그림을 그렸다.

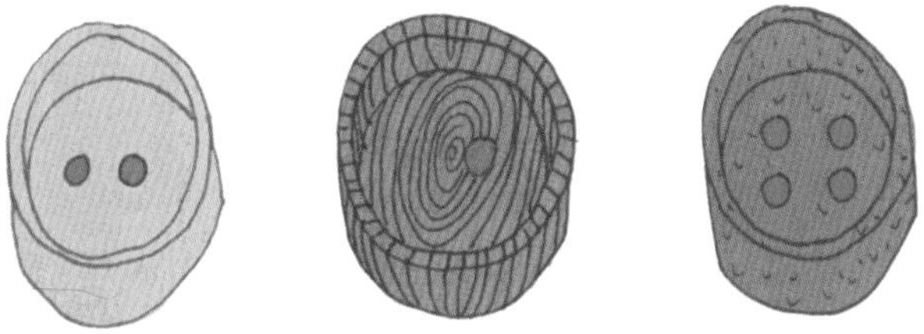

그림을 본 앨리스가 말했다.

"목동은 이백열네 마리의 양을 키우고 있었군요."

"그렇지. 놋쇠 그릇에 있는 돌멩이는 한 개당 백 마리의 양을 의미하고, 나무 그릇에 있는 돌멩이는 한 개당 열 마리, 그리고 진흙 그릇에 있는 돌멩이는 한 개당 한 마리를 의미하니까. 그런데 그때 목동에게 메모장과 연필 한 자루가 생긴 거야……"

"에이, 말도 안 돼. 메모장과 연필은 최근 발명품이잖아요. 숫자는 훨씬 더 오래전에 발명되었다고요."

"잘난 체하는 꼬마 아가씨, 이건 그저 이야기일 뿐이야. 그 속에는 믿을 수 없는 일들도 제법 나오기 마련이라고. 내가 만약 '바로 그 순간 요술봉을 든 요정이 뿅 하고 나타났난다'라고 했으면 너도 이렇게 따지지는 않았을걸? 어쨌거나 그냥 단순한 메모장이라고 치고, 봐라……"

“안 돼요, 그건 똑같지 않아요. 옛날 이야기니까 요정들은 나올 수 있지만, 비행기라든가 아무튼 현대적인 것들은 나오면 안 돼요.”

“그래, 좋다. 정 그렇다면 목동이 진흙판과 송곳 하나를 선물받았다고 하자. 그래서 이제 목동은 진짜 그릇과 돌멩이를 쓰지 않고, 진흙판에 송곳으로 그릇을 뜻하는 동그라미를 그리고 나서 그 동그라미 안에다 표시를 하기 시작했어. 내가 네 공책에 그렸던 것처럼. 단, 점을 찍는 게 아니라 한눈에 더 잘 보이게끔 길쭉한 선으로 표시했지. 이렇게.

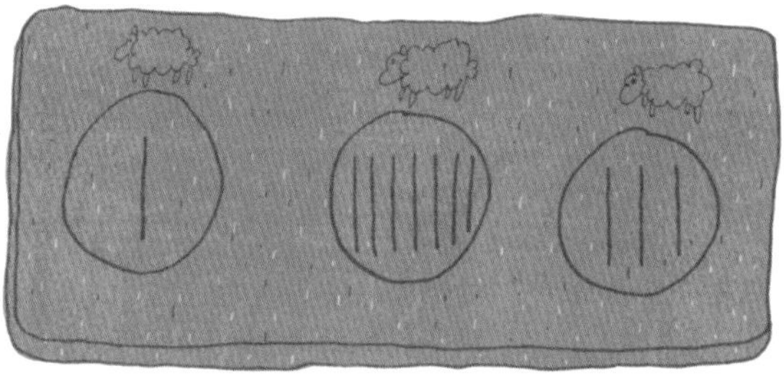

이 그림은 양이 백일흔세 마리 있다는 뜻이지. 하지만 목동은 곧 또다른 사실을 하나 더 깨닫게 되었어. 모든 선을 하나같이 위에서 아래로 그어놨더니 수를 알아보기가 쉽지 않았던 거야. 예를 들어 일곱과 여덟, 여덟과 아홉의 차이가 한눈에 들어오지 않았거든. 그래서 선의 위치를 바꿔가면서 숫자

를 각각 다른 모양으로 그리기 시작했지.

목동은 새로 만든 숫자에 차츰 익숙해졌단다. 종이에 연필로, 아니 미안, 진흙판에 송곳이었지, 아무튼 하나하나씩 표시하지 않고도, 매번 더 빠르게 숫자를 적을 수 있게 되었어. 그러다가 이런 모양이 나온 거야.

선들이 점차 매끄러워지면서 숫자의 윤곽은 점점 더 동글동글해졌고, 마침내 이런 모습을 갖추게 되었단다.

1 2 3 4 5 6 7 8 9

머지않아 목동은 그릇을 의미하는 동그라미가 더이상 필요치 않다는 걸 깨달았지. 그리고 이제는 각각의 숫자들이 자리를 잡아서 바로 옆 숫자와 헷갈릴 일이 없다는 사실도 알게 되었어. 그래서 이제는 그릇이 텅 비었을 때만 그릇 모양의 동그라미를 남겨두었단다. 예를 들어 백 개를 의미하는 것이 세 개 있고, 열 개를 의미하는 것은 아무것도 없고, 하나를 의미하는 것이 여덟 개 있다면 이런 모양이 되는 거야."

3 ○ 8

앨리스가 물었다.

"그렇다면 간단하게 아무것도 쓰지 말고 빈 공간으로 남겨두면 되지 않나요?"

"아니지. 빈 공간인 채로 둔다면 옆에 다른 숫자가 왔을 때 문제가 생기거든. 예를 들어 삼십을 숫자로 쓴다고 해보자. 이는 열 개씩 세 개가 있고, 하나짜리는 없는 경우니까 그걸 단지 3이라고만 표시해서는 안 되겠지. 하나짜리가 세 개 있다는 의미가 되어버릴 테니까. 그러니까 공간이 비어 있다는 사실을 알려줄 동그라미가 필요한 거야. 그래서 목동은 동그라미를 남겨두되 그 크기를 다른 숫자만큼 줄여서 표시하기로 했단다. 그 결과 '삼백팔'이라는 수를 이렇게 쓰게 되었어.

308

이렇게 0까지 만들어지고 나니 우리가 사용하는 근사한 수체계가 완성된 거란다."

앨리스가 딴죽을 걸었다.

"뭐가 근사하다는 건지 잘 모르겠네요. 제가 보기엔 로마 숫자가 훨씬 더 우아하거든요."

"그래, 로마 숫자가 더 우아해 보이긴 하지. 하지만 로마 숫자는 실용적이지 못해서 활용도가 조금 떨어져. 로마 숫자를 이용해서 23×16을 계산해보렴."

"하기 싫어요. 아저씨는 제가 라틴어 구구단을 알 거라고 생각하세요?"

"그럼 로마 숫자로 삼천삼백삼십삼을 써보는 건?"

"그 정도라면 할 수 있어요."

앨리스는 공책에 로마 숫자를 써나갔다.

MMMCCCXXXIII

"그래, 잘했다. 하지만 이렇게 쓰는 것보다 우리가 쓰는 십진법을 이용해서 3,333이라고 쓰는 게 훨씬 더 쉽다는 걸 이제 너도 깨달았겠지?"

앨리스는 마지못해 수긍했다.

"네, 네, 알겠어요. 그런데 왜 그걸 '십진법'이라고 해요?"

"예컨대 로마 숫자에서는 말이다, 모든 M이 전부 같은 값을 지니거든? 다른 로마 숫자들도 각각의 문자 모양에 따라 전부 동일한 값을 나타내지. 그런데 우리가 쓰는 수 체계인 십진법에서는 숫자의 모양이 아니라, 숫자의 위치에 따라 값이 달라진단다. 3,333이라는 수를 보렴. 각각의 3은 똑같은 모양이지만 자리에 따라 그 값이 모두 다르지? 맨 오른쪽의 3은 하나짜리가 세 개 있다는 뜻, 오른쪽에서 두번째 3은 열 개씩 세 개 있다는 뜻, 왼쪽에서 두번째 3은 백 개씩 세 개 있다는 뜻, 맨 왼쪽에 있는 3은 천 개씩 세 개 있다는 뜻. 그래서 이 수 체계를 '자릿수 체계'라고도 한단다. '십진법'이라는 것은 열 개가 모였을 때 다음 자릿수로 넘어가기 때문에 붙여진 이름이야. 낱개가 열 개 모이면 10단위가 되고, 10단위가 열 개 모이면 100단위, 100단위가 열 개 모이면 1000단위가 되는 거지."

나란한 세계로 가는 지렁이 구멍

잠시 말이 없던 앨리스가 입을 열었다.

"그런데 이 얘기가 실제로 있었던 일은 아니죠?"

"아니지. 아까 말했듯이 수에 대한 짤막한 얘기일 뿐이야. 수의 역사는 훨씬 더 길고 훨씬 더 복잡해. 하지만 요점만 놓고 보자면 결국 같은 얘기란다. 중요한 건 1이라는 숫자를 두 개 연이어 썼을 때 왜 둘이 아니라 열하나가 되는지 네가 잘 이해했느냐 하는 거야."

"수 이야기를 좀더 해주세요."

"나는 네가 수학을 싫어하는 줄 알았는데?"

"물론 수학이라면 넌더리가 나죠. 하지만 이야기는 좋아하거든요. 생쥐는 싫지만 미키마우스 이야기는 좋아해요."

"오호, 그렇다면 훨씬 더 근사한 걸 보여주고 싶다는 생각이 드는걸? 나와 함께 숫자나라를 여행해보지 않겠니?"

"여기서 멀어요?"

"아니, 바로 저기야. 나를 따라오렴."

남자는 말이 끝나기가 무섭게 뒤돌아서더니 불과 몇 분 전에 튀어나왔던 바로 그 덤불 사이로 획 모습을 감췄다. 두 번 생각할 것 없이 앨리스도 곧 남자의 뒤를 쫓았다.

울창한 덤불 안쪽으로 커다란 동굴이 있었다. 차림새가 특이한 그 남자가 동굴 안으로 엉금엉금 기어들어갔다.

앨리스는 굴 안으로 뒤쫓아 들어가며 생각했다.

'이 공원에 이렇게 커다란 동굴이 있었다니 정말 신기하네. 만약 이게 토끼굴이라면 그 토끼는 엄청 클 거야. 토끼들이 이 근방에 막 돌아다닐 것 같지는 않지만……'

동굴은 땅 밑으로 비스듬히 경사지며 뚫려 있었다. 굴 안은 무척 어두웠다. 하지만 앨리스는 2미터쯤 앞서 기어가는 수학자의 모습을 희미하게나마 볼 수 있었다.

갑자기 남자가 움직임을 멈췄고, 앨리스는 곧 남자가 멈춘 곳까지 다다랐다. 그런데 바로 거기 바닥에 지름 1미터 정도의 구멍이 어슴푸레 보이는 게 아닌가. 구멍을 통해 희미한 회색빛이 새어나오고 있었다. 안을 슬쩍 들여다본 앨리스는 순간 현기증이 일며 아찔해졌다. 아래로 끝도 없이 깊게 뚫려 있는 것 같았다. 좀더 주의깊게 안을 내려다보니 소용돌이 같은 것이 일렁이고 있었다. 마치 욕조 마개를 뽑았을 때 물이 뱅뱅 돌며 빨려내려가는 듯한 모습이었다. 어둠이 배수구를 통해 빠져나가고 있는 것만 같았다.

"지렁이 구멍이란다. 우리가 사는 세계와 나란히 있는 또다른 세계로 통하는 구멍이지."

앨리스는 '지렁이 구멍'이라는 말도 들었고 '나란히 있는 또다른 세계'라는 말도 듣기는 했지만, 그게 대체 어떤 것인지 도통 감을 잡을 수 없었다. 두려움에 휩싸인 채 앨리스가 말했다.

"지렁이가 엄청 큰가봐요."

"실제로 지렁이가 있는 건 아니야. 이걸 지렁이 구멍이라고 부르게 된 건, 서로 다른 시공간 사이에 지렁이가 땅에 뚫어놓는 듯한 구멍이 뚫려 있어서지."

"이 시커먼 구멍이 또다른 세계로 가는 것과 관계가 있다는 말씀인가요?"

"있고말고. 그건 이다음에 설명하기로 하자. 물리학 얘기를 하게 될 때. 오늘은 수학 얘기만으로도 충분하니까."

남자는 말을 마치자마자 소용돌이 속으로 뛰어들었고, 이내 저항할 수 없는 흡입력에 의해 빨려들어가듯 순식간에 사라져버렸다.

"아저씨, 미쳤군요! 제가 그 속으로 뛰어들 것 같아요?"

앨리스는 남자가 듣지 못할 거라 생각하면서도 고래고래 소리를 질렀다. 하지만 앨리스는 겁보다 호기심이 훨씬 더 많은 씩씩하고 강한 아이였다. 소용돌이 속에 무엇이 있는지 보고 싶은 마음에 앨리스는 구멍 가장자리까지 바짝 다가갔다.

순간 마치 보이지 않는 촉수가 다리를 휘감아 아래로 끌어당기는 것처럼, 앨리스는 눈 깜짝할 사이에 구멍 속으로 떨어지고 말았다. 소용돌이에 휩싸여 팽이처럼 빙글빙글 돌기 시작했고, 활시위를 떠난 화살처럼 아득한 바닥으로 아주 빠르게 추락했다. '화살보다는 총알에 더 가깝겠네.' 떨어지는 와중에 앨리스는 생각했다. 발사 후 보다 안정된 궤도를 그리며 날기 위해 총알은 발사 직전 총 안에서 엄청난 속도로 회전한다는 얘기를 어디선가 들은 기억이 났던 것이다.

신기하게도 앨리스는 전혀 무섭지 않았다. 어지럽게 빙글빙글 돌고 있었지만 멀미는커녕, 롤러코스터를 타고 내려가는 듯한 짜르르한 느낌조차 없었다.

별안간 앨리스를 부드럽게 감싸고 있던 소용돌이가 뚝 멈췄다. 이윽고 앨리스는 한 무더기의 마른 나뭇잎 위로 쿵 떨어지고 말았다.

그런데도 어디 한 군데 아프지 않았고 이내 벌떡 일어날 수 있었다. 머리 위를 올려다보니 굉장히 깜깜했다. 저 위로 한참 높은 곳에 주변을 감싸고 있는 암흑보다 조금 덜 어두운 소용돌이가 뱅뱅 돌아가는 것이 보이는 듯했다. 문득 저 앞쪽으로 점 같은 빛이 하나 보였다. 기다란 통로의 끝을 알려주는 불빛이었다. 앨리스는 그 빛을 향해 부랴부랴 뛰어갔다. 통로는 널찍한 홀로 연결되어 있었다. 천장에 줄지어 매달린 등불들로 환히 밝혀진 홀이었다. 홀을 빙 둘러싸고 많은 문이 나 있었는데, 그중 하나의 문 앞에 남자가 서 있었다. 손에 들고 있는 황금열쇠로 막 문을 열려는 찰나였다.

앨리스는 한달음에 남자 곁으로 뛰어갔다. 남자가 자물쇠 구멍에 열쇠를 꽂고 돌리자 문이 삐걱 하고 열렸다. 좁다란 통로가 나왔고 그 통로의 끝에 근사한 정원이 보였다.

"들어가렴."

수학자가 수수께끼 같은 미소를 지으며 말했다. 앨리스는 그보다 앞서 통로 안으로 들어갔다.

숫자나라

앨리스는 통로를 지나 정원에 다다랐다. 지금껏 단 한 번도 본 적 없는, 세상에서 가장 아름다운 정원이었다. 알록달록 예쁜 꽃들이 정원을 빙 둘러 가득 피어 있었고, 분수에서 떨어지는 물방울 소리는 또록또록 경쾌하고 시원했다. 앨리스는 너무나 행복해져 눈물이 왈칵 쏟아질 것만 같았다.

넋을 잃고 황홀감에 젖어 있는 앨리스 앞으로 웬 낯선 사람이 뛰어갔다. 순간 앨리스는 정신이 번쩍 들었다. 그건 머리와 두 팔과 두 다리가 있는 커다란 트럼프카드였는데, 한 손에는 물감통을, 다른 한 손에는 붓을 들고 있었다.

앨리스가 소리쳤다.

"저 여기 어딘지 알겠어요! '이상한 나라의 앨리스'가 왔던 바로 그곳이네요!"

어느새 옆에 와서 선 남자가 말했다.

"정확히 그렇다고 할 수는 없지만 그렇게 볼 수도 있겠다. 동화 속 앨리스는 아니지만 너도 그 앨리스랑 비슷한 구석이 많은 것 같고."

"그렇다면 아저씨는 그 책의 작가인 루이스 캐럴 씨군요! 어디선가 아저씨 얼굴을 본 것 같다고 생각했어요! 어디선가 아저씨 사진을 봤어요."

남자가 가볍게 고개를 끄덕였다.

"내 본명은 찰스 도지슨이란다. 루이스 캐럴은 내가 이야기나 시를 쓸 때 사용하는 필명이지. 그러니 나를 찰리라고 불러도 돼…… 이리 오렴, 저 녀석들이 뭘 하는지 보러 가자."

각각 스페이드 2, 5, 7의 무늬가 새겨진 트럼프카드 셋이 하얀 장미 여섯 송이가 피어 있는 장미나무 둘레에 서서 바쁘게 움직이고 있었다. 더 정확히 말하자면 그 카드들은 색칠을 하고 있었다. 각각 빨간색, 분홍색, 노란색 물감통을 들고서 저마다 두 송이씩 칠하고 있었다.

앨리스와 찰리가 카드 곁으로 다가가는 사이, 이제 막 색칠을 마친 카드들이 흥분해서 말다툼을 시작했다.

작가 찰리가 물었다.

"이봐, 무슨 문제라도 있나?"

카드 7이 대답했다.

"네. 하트의 여왕께서 나무마다 장미꽃이 여러 색깔로 알록달록 피어 있기를 바라시는데……"

카드 5가 이어 말했다.

"각 색깔별로 여러 송이가 되게요."

카드 2가 마무리했다.

"각 색깔별로 똑같은 개수가 되게요."

앨리스가 끼어들었다.

"그래서 그 일을 이제 막 끝마친 것 같은데 대체 뭐가 문제죠? 여기 빨간 장미가 두 송이, 분홍 장미가 두 송이, 노란 장미가 두 송이 있잖아요. 여러 색깔이고, 각 색깔별로 여러 송이, 각 색깔별로 똑같은 개수가 되었잖아요."

카드 7이 앨리스에게 대답했다.

"그래, 맞아. 장미가 여섯 송이뿐이라면 문제될 게 없지. 여덟 송이나 아홉 송이만 되어도 쉬울 거야."

뒤이어 카드 5가 오른쪽을 가리키며 말했다.

"하지만 저쪽 나무에는 장미가 일곱 송이 피어 있거든."

아닌 게 아니라 앨리스의 눈에 장미 일곱 송이가 피어 있는 장미나무가 보였다.

카드 2가 거들었다.

"그래서 그걸 어떻게 칠해야 할지 모르겠다는 거야."

카드 7이 말했다.

"빨간색으로 세 송이를 칠하고 분홍색으로 네 송이를 칠하면, 여러 색깔로 여러 송이는 되지만 색깔별로 똑같은 개수가 되지는 않아."

카드 5가 말했다.

"만약 무지갯빛처럼 송이 송이 다른 색으로 칠하면, 여러 색깔, 똑같은 개수가 되기는 하겠지만, 색깔별로 여러 송이가 되어야 한다는 기준에는 어긋나."

카드 2가 덧붙여 말했다.

"모두 같은 색으로 칠해버리면, 여러 송이, 똑같은 개수가 되기는 하겠지만, 여러 색깔이 되지 않으니 또 문제고."

찰리가 결론을 내렸다.

"어떤 경우든 여왕이 제시한 세 가지 조건 중 하나는 충족

시킬 수 없어. 일곱 송이 장미로는 동시에 세 가지 조건을 만족시키는 게 가능하지 않으니 말이야. 그러니 그런 장미나무는 하얀 장미 그대로 내버려두라고 충고하고 싶군. 그리고 여왕에게 가서 말해. 7이라는 수는 같은 개수로 나눠질 수 없는 '소수素數'라고 말이야."

앨리스가 이의를 제기했다.

"하지만 한 송이씩 일곱 개로 나눌 수는 있잖아요."

찰리가 고개를 끄덕이며 설명을 좀더 덧붙였다.

"그렇지. 일곱 송이 장미는 한 송이씩 나눠질 수 있지. 소수는 1과 자기 자신으로만 나눠지는 수란다."

그때 트럼펫 소리가 울려퍼졌다. 트럼프카드 셋이 두려움에 벌벌 떨기 시작했다. 마치 바람에 팔랑팔랑 나부끼는 커다랗고 네모난 나뭇잎들 같았다.

카드들이 일제히 소리쳤다.

"여왕폐하다!"

아니나 다를까 불과 몇 초도 안 되어 하트의 여왕이 시종들을 이끌고 나타났다.

트럼프카드들은 재빨리 붓과 물감통을 덤불 뒤로 숨기고는 검은색 막대기를 꺼내 들었다. 카드 2가 먼저 막대기 두 개를 양손에 하나씩 들자, 다른 두 카드가 카드 2의 양옆에 서더니 막대기 하나씩을 한 손에 들고 자세를 취했다.

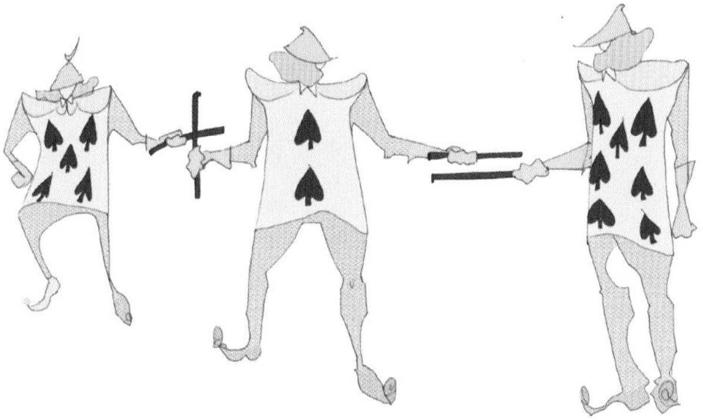

앨리스가 찰리에게 물었다.

“저 카드들 왜 저래요?”

“하트의 여왕에게 사열을 받기 위해 수학적으로 정렬을 하는 거야. ‘5+2=7’이라는 형태로 말이야.”

하지만 여왕의 관심은 온통 장미나무에만 쏠려 있었다. 여왕은 하얀 장미뿐인 나무를 바라보더니 벌컥 화를 내며 소리쳤다.

“이 장미나무는 내가 명한 대로 되어 있지 않구나!”

세 명의 트럼프카드는 두려움에 벌벌 떠느라 끽소리도 내지 못했다. 그때 찰리가 여왕 앞으로 성큼성큼 나아갔다. 트럼프카드들을 위해 중재자로 나선 것이었다.

“폐하, 감히 바라옵건대 제가 수학자로서 폐하의 명령을 상기시켜드릴 수 있도록 허락해주십시오. 일곱 송이 장미가 피어 있는 나무의 경우, 폐하의 분부대로 거행하는 것은 불가능한 일이었습니다. 하지만 폐하께서는 소수의 성질을 드러내기 위해 이 같은 분부를 내리신 것이겠지요. 폐하의 은덕으로, 저 장미나무에 핀 일곱 송이 하얀 장미들은 수학적 진실의 아름다움을 뽐내며, 온갖 색으로 핀 주변의 수많은 장미 사이에서 유난히 돋보이니 말입니다."

찰리의 말을 듣고 여왕이 대답했다.

"음…… 그래, 색색의 장미 사이에 하얀 장미가 몇 송이 피어 있는 것도 그럭저럭 나쁘지는 않다. 그러니 이 얘기는 이쯤에서 끝내겠노라. 하지만 내가 소수를 언제나 못마땅히 여겨왔다는 점은 분명히 말해두고 싶구나."

트럼프카드 셋이 다시 오들오들 떨기 시작했는데, 그들 자신이 바로 2와 5와 7이라는 소수들이었기 때문이다.

찰리가 말했다.

"소수는 크게 염려하지 않으셔도 됩니다, 폐하. 합성수에 비하면 소수의 개수는 명백히 적으니까요."

"하지만 소수는 아무도 예상하지 못하는 곳에서 불쑥 나타나지. 모든 단위에 빠짐없이 존재하고."

"지당하신 말씀입니다, 폐하. 다만 제가 소수는 하나도 없이 연속으로 이어지는 합성수의 목록을 폐하께서 원하시는 만큼 길게 보여드릴 수 있습니다."

"그게 정말인가? 그렇다면 소수 없이 이어지는 백 개의 수를 내게 말해줄 수 있는가?"

"네, 전혀 어렵지 않습니다. 우선 1부터 101까지 백한 개의 수들을 전부 곱해보겠습니다. $1 \times 2 \times 3 \times 4 \times \cdots \times 98 \times 99 \times 100 \times 101$. 수학자들은 이것을 '101의 계승'이라 부르고 '101!'이라고 표현합니다."

하트의 여왕이 감탄했다.

"진정 경이로운 수로다!"

"이제 이렇게 탄생한 큰 수를 N이라고 부르도록 하겠습니다. 이 수는 2, 3, 4, 5, …, 98, 99, 100, 101 중 어느 것으로도 다 나눠질 것입니다. 저 모든 수는 N이라는 수의 약수가 되기 때문입니다."

"정말 그러하구나."

"좋습니다. 이제 다음과 같은 연속적 형태로 만들어보겠습니다. $N+2$, $N+3$, $N+4$, $N+5$, …, $N+98$, $N+99$, $N+100$, $N+101$. N이 2로 나눠질 수 있으니 $N+2$도 2로 나눌 수 있고, N이 3으로 나눠진다면 $N+3$도 3으로 나눌 수 있습니다. $N+101$까지 마찬가지입니다. 그러니까 $N+2$부터 $N+101$까지 연속해서 이어지는 백 개의 수에는 소수가 하나도 들어 있지 않습니다."

하트의 여왕은 매우 흡족해하며 탄성을 질렀다.

"좋은 소식이로다! 이제 나는 바라던 대로 비위에 맞지 않는 소수들이 없는 기나긴 수의 연속을 볼 수 있겠구나! 내 너의 현명함을 치하하겠다. 너를 나의 '조커'로 임명하노라."

"그게 뭔데요?"

앨리스가 묻자 여왕이 대답했다.

"트럼프의 특별 카드로 나의 익살꾼이지. 그나저나 애송이, 너는 대체 누구냐?"

찰리가 끼어들었다.

"저의 꼬마 친구랍니다, 폐하. 숫자나라를 보여주고 있었습니다."

"그래, 좋다. 네 친구라니 그 아이도 내 시종으로 삼겠다. 2급 하녀로 일하게 하겠노라."

그 말을 들은 앨리스가 여왕에게 따지려는 찰나, 찰리가 먼저 여왕에게 말했다.

"폐하, 송구하게도 저희가 폐하의 관대한 제안을 받아들이기는 좀 어렵겠습니다. 왜냐하면……"

여왕이 찰리의 말을 단번에 잘랐다.

"잘 들어라, 말라깽이, 나는 제안을 하지 않는다. 명령을 내릴 뿐이다."

여왕이 손짓을 하자 무리 지어 있던 시종들 가운데 두 명이 앞으로 저벅저벅 걸어나왔다. 그중 한 명이 작가 찰리의 머리에 모자를 푹 씌웠다. 기다란 뿔이 세 개 나 있고 각 끝에 방울이 대롱대롱 매달린 빨간색 광대 모자였다. 다른 시종은 하얀 머릿수건을 가져와 앨리스의 머리에 둘러씌웠다. 그런데 앨리스가 곧바로 머릿수건을 휙 벗겨내더니 땅바닥에 내동댕이치며 단호하게 말했다.

"나는 이런 우스꽝스러운 머릿수건은 쓰고 싶지 않고요, 더군다나 누군가의 하녀가 될 생각은 털끝만큼도 없어요!"

여왕은 화가 치밀어 얼굴이 벌겋게 달아올라서는 고래고래 소리를 질렀다.

"감히 그런 불경스러운 소리를 하다니! 여봐라, 저자들을 당장 포박하라!"

앨리스가 찰리를 가리키며 여왕에게 따져 물었다.

"나 참! 이분이 누군지 모르시는 거예요?"

아이가 제법 침착하게 말을 하자 여왕은 얼떨떨한 표정이 되었다. 그러자 찰리가 말했다.

"폐하, 신경쓰지 마십시오. 그저 어린애 입에서 생각 없이 나오는 소리일 뿐입니다. 그리고……"

순간 앨리스가 다시 끼어들었다.

"이분이 바로 여왕님 이야기의 작가 루이스 캐럴 씨예요. 마음만 먹으면 여왕님을 곧바로 사라져버리게 할 수도 있는 분이라고요!"

여왕은 신의 계시와 같은 말을 전해 듣고서도 그리 놀라는 기색이 아니었다. 여왕은 양손을 허리춤에 턱 올려놓으며 말했다.

"그러니 나보고 사라지라는 말이냐? 이 애송아, 너야말로 내게 좋은 생각을 알려줬구나. 여봐라, 카드 0을 들라 해라!"

무리 지어 있던 시종들이 양옆으로 쭉 갈라서자 그 사이로 카드 하나가 뚜벅뚜벅 걸어들어왔다. 정원에서 일하던 세 트럼프카드와 닮은꼴이었다. 하지만 정원사 카드들과 달리 표면에 아무 무늬도 없는 완전히 새하얀 카드였다.

여왕이 카드에게 물었다.

"너의 공식 무기를 들고 왔느냐?"

"예, 폐하."

카드 0이 두 개의 검은색 막대기를 꺼내더니 양손에 하나씩 쥐고 ×자 모양으로 들었다. 거기 있던 모든 이들이 그 부호를 보자마자 공포에 질려 뒷걸음질하기 시작했다.

앨리스가 찰리에게 작은 소리로 슬쩍 물었다.

"왜 저렇게 무서워해요?"

"저자는 카드 0인데, 곱하기 부호를 가지고 있거든. 너도 이미 알겠지만 어떤 숫자든 0을 곱하게 되면 곧바로 사라져버린단다."

여왕이 카드 0에게 명령했다.

"저자들을 당장 감옥에 처넣어라! 반항할 시에는 네가 늘

하던 대로 하라."

앨리스가 찰리에게 말했다.

"왜 우리가 복종해야 해요? 아저씨가 작가니까 어떻게든 해봐요. 전부 다 아저씨가 만들어낸 인물들이잖아요……"

"등장인물들은 저마다 자기 고유의 삶을 살아간단다. 그래서 간혹 자신을 창조한 작가에게 반항하기도 하지. 자식들이 제 부모에게 반항하는 것처럼. 지금으로서는 우리가 여왕의 명령에 복종하는 게 훨씬 더 나은 선택 같구나."

앨리스와 찰리는 근위병 둘을 뒤에 두고 카드 0의 뒤에 바짝 붙어 걸어갔다. 카드 0은 계속해서 곱하기 부호로 그들을 위협했다.

잠시 후 이들 일행은 모여 있던 무리의 시야에서 완전히 벗어났다. 바로 그 순간 작가가 별안간 발걸음을 멈추더니 자기 머리에 쓴 화려한 광대 모자를 가리키며 카드 0에게 말했다.

"나는 특별 카드잖아!"

"그렇소. 여왕님이 당신을 조커로 임명했지."

"특별 카드는 언제든 다른 카드로 변할 수 있어. 종류에 상관없이 다른 카드의 가치를 다 취할 수 있으니까. 안 그래?"

근위병들도 일제히 그렇다고 했다.

"그렇다면 좋다. 지금부터 나는 하트의 여왕이다! 너희는 썩 물러가거라!"

앨리스가 탄성을 질렀다.

"와우, 정말 대단해요! 브라보, 아저씨는 천재예요!"

근위병들은 어쩔 줄 몰라하며 서로를 바라보다 일제히 카드 0을 쳐다봤다. 카드 0은 검은 막대기로 머리를 긁적거리더니 입을 열었다.

"원칙적으로는 당신 말이 맞소."

"그렇다면 원칙적으로 당신들도 썩 물러가세요!"

앨리스가 카드 0과 근위병들을 향해 쌀쌀맞은 손짓으로 명령했다.

근위병 둘은 고개를 떨군 채 쓸쓸히 자리를 떴지만, 카드 0은 어찌해야 할지 아직 결정을 내리지 못한 기색이었다.

마침내 찰리가 말했다.

"너는 우리와 함께 간다. 네게는 뭐든 완전히 없애버리는 능력이 있으니 위급상황에 처했을 때 우리를 지켜줄 수 있을 거야."

"이제 우린 어디로 가요?"

앨리스가 묻자 찰리가 대답했다.

"미로로 가야지."

카드 0이 바들바들 떨며 소리쳤다.

"나는 미로 속으로 들어갈 수 없소!"

찰리가 너그럽게 말했다.

"좋아, 처신만 잘한다면 미로 밖에 머물 수 있도록 허락하지. 하지만 미로가 있는 곳까지는 우리와 함께 가야 해."

앨리스와 찰리와 카드 0은 정원을 가로질러 한참을 걸어갔다. 눈부시게 아름다운 꽃밭을 지나고 또롱또롱 노래하는 분수를 지나, 마침내 촘촘히 엮여 있는 높고 거대한 삼나무 울타리 앞에 이르렀다. 이 산울타리는 좌우로 끝도 없이 길게 이어져 있는 것 같았다. 그런데 산울타리 한가운데에 위아래로 길쭉하게 벌어진 좁은 틈새가 보였다. 출입구 같았다.

찰리가 말했다.

"미로란다. 건너편으로 가려면 여기를 통과해야 해."

"어딘가 건너편으로 가려면 늘 이렇게 뭔가를 통과해야 하는 건가요?"

찰리는 고개를 저었다.

"항상 그렇지는 않아. 경우에 따라서는 다른 길로 빙 둘러서 갈 수도 있단다. 예를 들어 네 건너편으로 간다면 너를 통과해 가는 것보다 너를 둘러 가는 편이 훨씬 더 쉽지. 하지만 이 미로는 반드시 통과해야 해."

"미로를 돌아서 가면 왜 안 되는데요?"

"미로 저편에 무엇이 있는지 알기 위해서는 먼저 이 미로 안에 무엇이 있는지 알아야 하거든. 발만 움직인다고 어떤 장소에 도착할 수 있는 게 아니야. 머리도 써야지."

그러자 카드 0이 확신에 찬 어조로 강경하게 말했다.

"그러니 분명히 말해두겠습니다. 내 머리가 남아 있기를 원하니 내 발도 여기 있겠소. 미로 속으로 들어갈 생각은 털끝만큼도 없습니다."

앨리스가 카드 0에게 물었다.

"왜 그렇게 미로를 무서워해요? 다 파괴해버릴 수 있는 무기를 가졌잖아요."

"그곳에서는 어떤 무기도 소용이……"

카드 0은 오들오들 떨다가 말을 다 맺지도 못했다. 생각만으로도 두려운 나머지 풀밭 위에 풀썩 쓰러져 기절해버리고 만 것이다.

"우리 잠시 쉬었다 가요."

"좋은 생각이다."

앨리스는 의식을 잃은 카드 옆에 쭈그려앉았고, 찰리도 그 곁에 자리를 잡았다.

"카드 0이 정신을 차리면 미로를 왜 그렇게 무서워하는지 얘기 좀 해보라고 할래요."

"글쎄. 다시 안 물어보면 안 될까? 그랬다간 또 까무러칠 거야."

앨리스가 소리 높여 말했다.

"여기 사람들은 정말 이상해요. 뭐, 이 카드들을 '사람'이라고 불러도 되는지는 모르겠지만요. 게다가 희한한 소리들만 늘어놓잖아요. 여왕은 그 가여운 소수들을 왜 그렇게 미워하는 걸까요?"

"소수는 어떠한 규칙도 따르지 않으니까. 여왕은 법칙과 명령을 광적으로 좋아하거든."

"어떠한 규칙도 따르지 않는다는 게 무슨 의미예요?"

"예를 들면 2의 배수(짝수를 의미하기도 해)는 둘씩 늘어나. 3의 배수는 셋씩 늘어가고. 모든 합성수는 이렇게 자신을 나눠떨어지게 하는 '약수'를 가진단다. 하지만 소수는 규칙에 따라 나열되는 수의 범주에 들어가지 않아. 어떤 때는 11과 13, 71과 73처럼 두 개의 소수가 아주 가까이 있고, 또 어떤 때는 멀찍이 떨어져 있거든. 그런데 아까 여왕에게 설명했듯이, 소수들이 아무리 멀리 떨어져 있어도 찾으려면 얼마든지 찾아낼 수는 있어. 요컨대 소수들의 위치를 미리 알 수 있는 일정한 공식이 없을 뿐이야. 다른 식으로 말하자면 소수를 전부 찾아낼 수 있는 방법은 없어. 하지만 소수가 아닌 수들을 찾아내는 방법은 있지."

"어떻게요?"

"예를 들자면 모든 짝수는 '$2n$'의 형태로 되어 있단다. n에는 어떤 수든 넣을 수 있어. 그 n자리에 1, 2, 3, 4, 5 등등의 값을 다 넣으면 2, 4, 6, 8, 10으로 이어지는 짝수를 전부 얻을 수 있는 거지."

"그럼 홀수는요?"

"홀수는 모두 '$2n+1$'의 형태로 되어 있어. 홀수를 모두 찾아내기 위해서는 n의 값을 0에서부터 넣어야 해. $n=0$이라면 $2n+1=1$이 되고, $n=1$이라면 $2n+1=3$, $n=2$라면 $2n+1=5$가 될 거야. 홀수는 이런 식으로 이어지지."

찰리의 설명을 듣던 앨리스가 질문을 던졌다.

"그런데 소수를 찾아낼 수 있는 공식이 없다면, 소수의 목록은 어떻게 만들어요?"

"소수가 아닌 수들을 하나씩 지워가면 되지."

"네?"

"밀알에서 겨를 골라내듯이, 자갈에서 모래를 걸러내듯이 그렇게 하면 돼. '체'를 이용해서 말이야."

에라토스테네스의 체

"수들을 체로 걸러낸다니, 어떻게요?"

"기원전 3세기경 위대한 그리스 철학자 에라토스테네스가 했던 방식대로 하면 되지. 우리 함께 1부터 100까지의 수를 에라토스테네스의 체로 걸러내볼까?"

찰리는 낡은 윗옷 주머니를 뒤져 뾰족한 연필 한 자루를 꺼냈다. 그러고는 정신을 잃고 쓰러져 있는 카드 0 위로 몸을 바짝 숙이더니 카드의 새하얀 표면에 숫자를 쓰기 시작했다. 몇 분이 지나자 백 개의 수 목록이 완성되었다.

"이제 어떻게 해요?"

"순서대로, 그러니까 작은 수부터 시작하자. 그런데 1은 잠시 한쪽에 둬야 해. 아주 독특한 수거든."

"독특한 수라고요? 아, 그러네! 잘 보니까 진짜 유일하게 혼자 있는 수예요. 다른 것들은 전부 두 개 이상이 합쳐진 수인데."

"그렇지? 그래서 1은 소수 목록에 들어가지 않아. 소수란 너도 이제 아는 것처럼 1과 그 자신으로만 나눠떨어지는 수인데 1의 경우는 '1'과 '그 자신'이 서로 같기 때문에 소수라고 하기에는 뭐랄까, 조금 부족한 점이 있다고 해야 하나?"

"좋아요, 그럼 1은 일단 넘어가요."

"그래. 1은 그냥 지나가고 2를 한번 보자. 2는 1과 그 자신 이외의 수로는 나눌 수가 없으니까 명백하게 소수야. 2에 조그맣게 동그라미를 쳐놓자. 사실 2는 소수 중에서 유일한 짝수야. 짝수는 2로 나눌 수 있는 수니까 소수가 될 수 없는 거지. 그럼 어떤 수가 가장 먼저 체에 걸러지는지 바로 알 수 있겠지? 2를 제외한 짝수를 전부 지우면 되는 거야. 그러려면 2에서 시작해 두 번씩 건너뛰어 나오는 숫자들을 지워버리면 되겠다."

"이렇게 하니까 수의 반이 지워지네요."

"맞아. 이제 다음 수로 넘어가보자. 3이구나. 3에도 마찬가지로 동그라미를 쳐놓고, 이번에는 3의 배수, 즉 세 번씩 건너뛰면서 수들을 지워보자."

"아, 알겠어요. 이제 계속해서 똑같은 방법으로 4의 배수를 지우면 되겠군요?"

"아니, 그럴 필요는 없단다. 조금 전에 2의 배수를 지우면서 4의 배수도 다 지웠거든. 4의 배수는 모두 2의 배수이기도 하니까. 자, 그럼 이제 지워지지 않고 남아 있는 다음 수로 넘어가보자. 5."

"그럼 5에도 동그라미를 친 다음, 다섯 번씩 건너뛰면서 5의 배수를 싹 지워버리면 되겠네요."

"바로 그거야. 하지만 5의 배수의 절반은 우리가 벌써 지워버렸어. 0으로 끝나는 수들은 2의 배수이기도 하니까. 계속해보자……"

"6은 이미 지워져 있네요. 두 번이나 지워졌는걸요?"

"물론이지. 6은 2의 배수인 동시에 3의 배수이기도 하니까. 그럼 7로 넘어가볼까? 7에 동그라미를 치고 7의 배수도 전부 다 지우는 거야."

"일곱 번씩 건너뛰면서 지워야죠."

"이제 체를 한번 볼까? 지워지지 않고 남아 있는 수들이 모두 소수란다."

"왜 7에서 멈춰요? 아직 지우지 않은 다음 수인 11로 넘어가서 11의 배수들을 계속 지워야 하는 거 아니에요?"

"그럴 필요 없단다. 100은 10×10이니까, 100보다 작은 수들 중에서 11을 약수로 가지는 수들은 10보다 작은 다른 약

수도 가지거든. 그래서 11의 배수는 벌써 다 지워졌어. 22, 44, 66, 88은 2의 배수를 지울 때, 33, 66, 99는 3의 배수를 지울 때, 55는 5의 배수를 지울 때, 77은 7의 배수를 지울 때. 66의 경우는 2의 배수에서도 지워졌지만 3의 배수이기도 해서 지워졌지. 자, 이제 살아남은 수들에 모두 동그라미를 쳐보자…… 100 이하의 수 가운데 소수는 전부 스물다섯 개구나. 2, 3, 5, 7, 11, 13, 17, 19, 23, 29, 31, 37, 41, 43, 47, 53, 59, 61, 67, 71, 73, 79, 83, 89, 97."

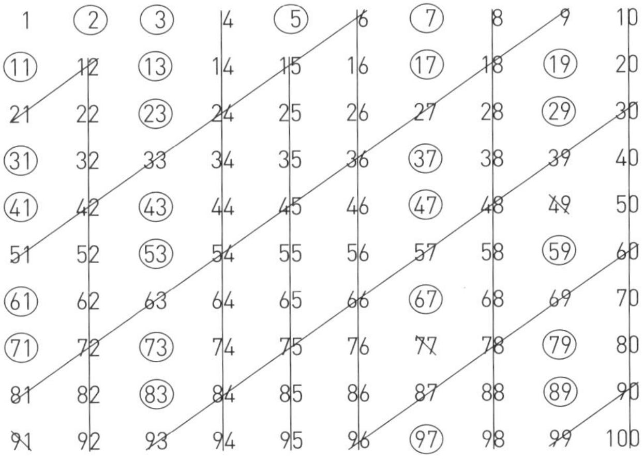

"지운 수들을 연결한 선이 무척 질서정연하네요."

"합성수에는 규칙이 존재하거든. 합성수들은 2의 배수나 3의 배수 등으로 무리 지을 수 있어. 사실 선들을 자세히 보면 일종의 구구단이 돼. 수직선에 있는 수들을 차례대로 연결해서 보면 2단, 5단, 10단이 보이고, 사선에 있는 수를 보면 3단, 9단이 보이지."

"구구단 얘기는 하지 마세요. 짜증나요. 덧셈은 좋은데 곱셈은 정말 싫어요."

"덧셈을 좋아하면서 곱셈을 싫어할 수는 없는데?"

"어째서요? 그게 대체 무슨 말씀이세요?"

"초콜릿 좋아하니?"

"엄청 좋아하죠."

"그럼 초콜릿 사탕은?"

"두말하면 잔소리죠. 어떻게 안 좋아할 수 있겠어요? 초콜릿 사탕이 바로 초콜릿인데."

"곱셈하고 덧셈이 바로 그래. 그래서 덧셈을 좋아하면서 곱셈을 싫어할 수는 없다는 거야."

"에이, 거짓말 마세요. 제가 아무리 수학이 뭔지도 모르고 알고 싶지도 않다지만, 덧셈과 곱셈 정도는 구별할 수 있다고요."

"그럼 어디 한번 보자. 3×4가 무슨 뜻일까?"

"구구단 3단을 적용해보면 알 수 있죠. 3×4=12네요."

찰리가 좀더 명확하게 다시 말했다.

"내가 물어본 건 3×4의 정답이 아니라, 3×4가 어떤 의미인가 하는 거야."

"'어떤 의미인가'라는 말은 대체 어떤 의미인가요?"

"좋은 질문이다. 철학, 아니 인식론의 기본 질문인 것 같기도 하고."

"갈수록 더 복잡하게 만드시네요."

"미안, 가끔씩 나도 모르게 옆길로 샐 때가 많아. 아저씨는 그저 '3×4'는 세 개씩 네 번 더하기, 그러니까 3+3+3+3이라는 말을 해주고 싶었던 거란다. 그러니 곱셈이 곧 덧셈인 거야. 게다가 이건 다른 덧셈보다 훨씬 간단해. 더해지는 수가 모두 같은 값이잖아."

"지금까지는 그런 식으로 생각해본 적이 한 번도 없어요."

"그래서 네가 수학을 싫어했던 거야. '그런 식'으로 수학을 생각해본 적이 없기 때문에."

"'그런 식'이란 게 뭐죠?"

"너도 알걸? 이미 네가 '그런 식'으로 생각해본 적이 없다고 말했잖니."

"아저씨가 그렇게 말씀하신 거잖아요!"

"나도 그렇게 말하긴 했지만, 네가 먼저 그렇게 말했어."

앨리스는 머릿속이 다시 복잡해지면서 뭐라고 대답해야 할지 알 수 없었다. 답답해서 화가 치밀어올랐다. 바로 그때 카드 0이 정신을 차리고 깨어났다. 자기 배 위에 숫자들이 잔뜩 적혀 있는 걸 보더니 다시 기절이라도 할 태세였다.

카드 0이 고함쳤다.

"이게 뭐야! 내 배에 숫자들이 잔뜩 적혀 있잖아! 이래서야 더이상 0이 아니니 여왕님이 나를 곧 강등하겠군!"

"걱정하지 마. 사실 내게도 모든 걸 무찌를 수 있는 비장의 무기가 하나 있거든."

찰리가 카드 0을 진정시키고는 호주머니를 뒤져 지우개를 꺼내더니 카드의 몸에 적혀 있는 숫자와 선을 쓱쓱 지우기 시작했다.

몇 분 후 카드 0은 자리에서 벌떡 일어났고, 신경질적으로 지우개 가루를 툭툭 털어냈다. 걱정스러운 눈초리로 자신의 새하얀 몸 구석구석을 꼼꼼히 살펴보더니 조금 진정이 된 듯 말했다.

"나쁘지 않군. 다시 아무것도 없는 원래의 나로 돌아왔어. 더 작은 수가 되기 전에 당장 자리를 뜨는 게 상책이겠어."

앨리스가 물었다.

"어떻게 아무것도 없는 것보다 더 작은 수가 될 수 있죠?"

카드 0은 작별인사도 없이 벌써 저만큼 뛰어가고 있었다.

"아주 쉬워. 예를 들어볼까? 앨리스, 지금 너는 사과를 갖고 있지 않지?"

"네. 하지만 하나도 없는 것보다 더 적게 가질 수는 없어요."

"아니, 더 적게 가질 수 있어. 예를 들어 사과 한 상자에 사과 열두 개가 들어가는데, 누군가 네게 사과 반 상자를 주었다고 치자. 그럼 네게는 사과 여섯 개가 있는 거지? 그런데 네가 나한테 사과 두 개를 빚진 상태였던 거야. 그래서 너는 나한테 사과 두 개를 갚아야 해. 너한테 사과 여섯 개가 있더라도 결국 남는 건 네 개뿐인 거지. 다시 말해, 이렇게 사과 두 개를 빚졌다는 건 하나도 없는 것보다 더 적게 가지고 있다는 뜻이 되는 거야. –2개의 사과를 가지고 있는 것과 마찬가지지. 그런 식으로 수에는 0보다 큰 양수와 0보다 작은 음수라는 것이 존재한단다."

순간, 요상한 뭔가가 두 사람 곁을 바삐 지나쳐갔다.

"이런, 나야말로 지각하면 마이너스 꼴이 될 텐데!"

앨리스와 찰리는 그것이 아주 가까이 다가올 때까지도 전혀 낌새를 채지 못하고 있었다. 지금 막 그들 곁을 지나쳐 간 건 하얀색 토끼였다. 더 정확히 말하면 『이상한 나라의 앨리스』에 나오는 바로 그 '하얀 토끼'였다. 체크무늬 재킷 안에 우아한 조끼를 받쳐입은 하얀 토끼는 잠시 멈춰 서더니, 조끼 오른쪽 호주머니에 기다란 사슬로 연결되어 있는 금 회중시계를 꺼냈다. 하얀 토끼는 몇시인지 시계를 확인하는 듯하더니 곧바로 미로를 향해 껑충껑충 뛰기 시작했다.

미로를 빠져나가려면?

"우리 저 토끼를 따라가요!"

앨리스는 영문도 모르는 채 무작정 하얀 토끼를 따라가자고 소리치고는 미로로 통하는 길쭉하고 좁은 틈새를 향해 뛰어갔다. 하얀 토끼가 막 그 틈으로 사라진 참이었다. 찰리도 수수께끼 같은 미소를 지으며 그 뒤를 쫓았다.

미로 안으로 들어가니 양 갈래로 길이 나 있었는데, 하얀 토끼는 어디로 갔는지 벌써 눈앞에서 사라지고 없었다.

"어느 길로 가야 할까요?"

앨리스가 묻자 찰리는 자신도 잘 모르겠다는 듯 어깨를 으쓱했다.

"네가 원하는 길로 가면 되지."

“하지만 어느 쪽이 더 좋은 길인지 모르겠어요.”

“어느 쪽이 더 좋은 길인지는 우리가 알 수 없단다. 어느 길이건 다 좋을 테니까.”

“둘 다 좋은 길일 수는 없어요. 한쪽 길만 출구로 연결될 것 같아요.”

“한쪽 길이 더 빨리 출구로 이어질 수는 있겠지.” 찰리가 다시 분명하게 말했다. “하지만 어느 길을 선택하든 우리가 똑바로만 하면 결국 이 미로에서 빠져나가게 될 거야.”

“어떻게 하는 게 똑바로 하는 건데요?”

“우선 걸어야지. 걷지 않으면 빠져나가는 것 자체가 어려워질 테니까. 그러니 먼저 어느 쪽 길로 가고 싶은지 선택하렴.”

“왼쪽 길요.”

“좋아. 그럼 한 손으로 한쪽 벽을 짚으렴. 그런 다음 손을 떼지 말고 계속 벽을 짚으며 걸어가.”

“양쪽 벽 중 어느 벽을 어느 손으로 짚어야 할까요?”

“네가 짚고 싶은 벽을 네가 원하는 손으로 짚으면 돼. 조언을 하자면, 만약 왼쪽 벽을 선택했으면 왼손으로 짚고, 오른쪽 벽을 선택했으면 오른손으로 짚어야 할 거야. 왼쪽 벽을 오른손으로 짚으면서 걸으면 무척 불편할 테니까.”

앨리스는 왼손으로 왼쪽 벽을 짚었다. 그리고는 울룩불룩한 산울타리 벽에 손가락을 딱 붙이고 발걸음을 옮겨나갔다.

"왜 이렇게 하고 가야 하는 거죠?"

앨리스의 질문에 찰리가 설명을 시작했다.

"미로의 벽을 이루는 두 면이 연속 면을 이루기 때문이란다. 네가 그 면에서 손을 떼지 않는다면 그 벽을 따라 미로를 다 돌게 될 테고, 결국 출구에 도달하게 될 거야. 물론 가장 빠른 길은 아닐 수도 있지만. 수학은 때때로 쓸모가 있단다."

"수학이 대체 미로와 무슨 상관이 있다는 거예요?"

"사실 잘 알려져 있지는 않지만, 수학의 여러 분야 중에 '위상기하학'이라는 상당히 흥미로운 분야가 있어. 위상기하학은 도형의 일반적 속성을 연구하는 학문인데, 도형의 크기나 형태가 아니라, 도형의 다양한 여러 부분들이 서로 어떻게 연결되어 있는지를 중요하게 여기지."

"예를 하나 들어주세요."

"벌써 예를 들어 설명했는걸? 크기나 모양과는 무관하게, 미로의 양 벽면이 연속되는 것에 대해 말이야."

"알았으니까 다른 예를 하나 더 들어주시라고요."

앨리스는 매사를 정확히 따지려 드는 찰리의 습관에 슬며시 짜증이 났다.

"예를 들어 위상기하학의 관점에서 보자면 사각형과 원은 같은 도형이란다. 사각형이나 원이나 하나의 폐쇄된 선으로 한정지어진 연속 면이기 때문이지."

앨리스가 투덜거렸다.

“아저씨, 꼭 수학선생님 같아요. ‘보통 사람’처럼 좀 설명해주시면 안 돼요?”

“‘보통 사람’이라면 아무리 애를 써도 네게 위상기하학을 설명해주지 못할 거야. 안타깝게도 보통 사람은 좀처럼 수학을 이해하지 못하니까.”

“왜 그런지 아세요? 수학선생님들이 죄다 따분한데다 무엇이, 왜 그렇게 되는지 제대로 설명을 안 해주기 때문이에요.”

찰리가 고개를 끄덕였다.

“그래, 일리가 있는 말이야. 나도 그게 참 걱정이란다. 좋은 수학선생님은 똑똑해야 하고, 재미있어야 하고, 가르치려는 의욕도 있어야 하는데 불행히도 이 세 가지 자질을 모두 갖춘 경우가 드물거든. 열 명 중 한 명쯤 똑똑하고, 열 명 중 한 명쯤 재미있고, 열 명 중 한 명쯤 겨우 가르치는 일에 소질이 있으니까.”

앨리스가 결론을 내렸다.

“그럼 그 세 가지 자질을 모두 갖춘 선생님은 서른 명 중에 한 명뿐이겠네요.”

“아니, 그보다 훨씬 적지. 선생님 천 명이 있다고 생각해보자. 그중 단 10분의 1이 똑똑할 테니 똑똑한 선생님은 백 명이 있는 셈이지. 그중 10분의 1에게만 유머감각이 있을 테니 그중 재미있는 선생님은 또 열 명뿐이겠고. 그리고 다시 그중 10분의 1에게만 가르치는 소질과 능력이 있다면 그 열 명의 선생님 가운데 단 한 명만이 훌륭한 교육자라는 말이 되잖니? 다시 말해 천 명의 선생님이 있어도 그중 단 한 명만이 똑똑하면서 유머감각이 있고 가르치는 일에도 뛰어나다고 할 수 있는 거야."

이 말을 들은 앨리스가 슬쩍 비꼬며 놀리듯 말했다.

"그렇다면 틀림없이 아저씨가 바로 그 선생님이겠군요."

"당연하지."

"그럼 위상기하학이란 게 대체 뭔지, 제발 좀 똑똑하고 재미있고 교육적인 방법으로 설명해주세요."

"오케이. 자, 껌을 씹고 있다고 상상해보렴. 입속에서 그 껌을 평평한 원 모양이 될 때까지 납작하게 만드는 거야. 그런 다음 그 껌을 자르거나 한쪽을 다른 쪽에 붙이지 않고 얻을 수 있는 모든 도형은 위상기하학적으로 같은 도형이 돼. 삼각형이든, 사각형이든, 타원이든."

"'위상기하학적으로 같은 도형'이라는 게 무슨 뜻이에요?"

"공통된 속성을 많이 가지고 있다는 뜻이지. 특히 '연속성'과 관련된 속성들. 내가 말한 그 도형들이 땅바닥이라고 상상해보렴. 구멍 같은 데 빠질 염려 없이 마음대로 걸어다닐 수 있을 거야. 연속 면이니까."

찰리는 설명을 계속해나가다가 풀썩 쭈그려앉더니 미로의 모래 바닥 위에 도형을 하나 그리기 시작했다.

"하지만 이런 모양의 땅바닥이라면 좀더 조심해야 할 거야. 앞서 얘기한 도형들과는 위상기하학적으로 다르니까 말이다."

앨리스는 벽에 짚은 손을 떼지 않은 채 잠시 멈춰 서서 찰리가 바닥에 그리는 도형을 내려다봤다.

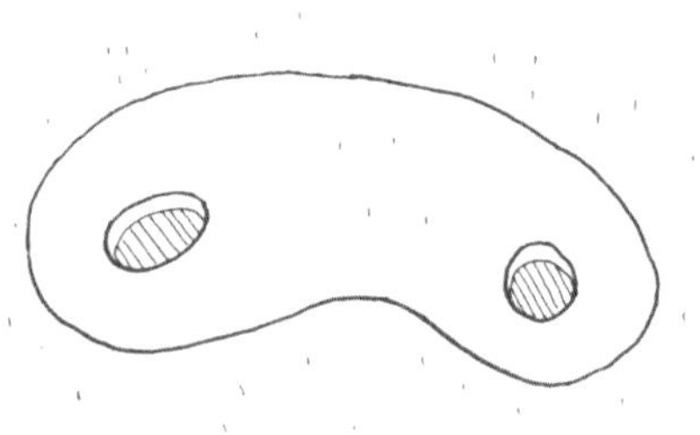

"좋아요, 그렇게 설명해주시니 조금 낫네요. 부디 미로의 바닥이 연속 면이어서 우리가 어떤 구멍에도 빠지지 않았으면 좋겠어요."

미로의 괴물 미노바카

앨리스는 나뭇가지로 촘촘히 엮인 벽에서 한시도 손을 떼지 않고 구불구불한 미로를 한참 동안 돌고 또 돌았다.

그런데 느닷없이 소름 끼치게 무서운 소리가 들려왔다. 그 우레 같은 소리에 앨리스는 순간 얼음이 되었다.

"이게 무슨 소리예요?"

놀란 앨리스가 묻자 찰리는 별일 아니라는 듯 태연하게 대답했다.

"이 미로에 사는 괴물이 울부짖는 소리인가보다."

"그래서 카드 0이 이곳에 들어오기 싫어했던 건가요?"

"아마 그랬을 거야. 신경쓰지 말고 가던 길 계속 가자."

"돌아가는 게 더 신중한 행동 아닐까요?"

"미로에서는 '앞으로'와 '뒤로'의 개념이 명확하지 않아. 괴물은 어디서건 나타날 수 있으니 우리가 할 수 있는 최선은 가던 길을 따라 계속 앞으로 가는 거야."

앨리스는 마지못해 발걸음을 옮기면서도 두려운 마음을 떨치지 못했다.

"이 괴물 대체 정체가 뭐죠?"

"크레타 섬의 미로 이야기를 들어본 적 있니?"

"네. 거기 미로 안에 미노타우로스라는, 황소 머리를 한 사람이 갇혀 있었죠."

"듣자하니 이 미로에 사는 괴물이 그 친척뻘이라고 해. 나도 본 적은 없어. 이번에는 운좋게 꼭 한번 만나볼 수 있으면 좋을 텐데."

"괴물과 마주치는 게 운이 좋은 거라고요? 운이 더럽게 없는 거죠! 어휴, 그런 생각은 하기도 싫어요!"

"진짜 불운은 너 같은 어린아이가 수학은 아무짝에도 쓸모없다고 말하는 거야!"

뭐라고 반박하려던 찰나, 앨리스는 깜짝 놀라 입이 쩍 벌어졌다. 미로의 모퉁이를 굽이굽이 돌다가 아늑한 네모꼴의 공간에 들어서게 된 것이었다. 천장만 있으면 여느 주택의 거실과 다름없어 보였다. 회양목으로 만든 가구들이 놓여 있었고, 촘촘한 나뭇가지 벽면을 직접 뚫어 만든 책장도 몇 개 있었다.

꽤 널찍한 공간 한가운데 딱 달라붙는 운동복을 입은 건장한 여자가 열심히 허리를 돌리며 체조를 하고 있었다. 여자는 암소 머리를 하고 있었다.

앨리스는 너무 놀라 눈이 튀어나올 지경이었다.

"미노타우로스의 여동생인가요?"

"알바르 누녜스*의 여동생이거나."

찰리와 앨리스가 나타난 것을 눈치챈 암소 여인 '미노바카'가 체조를 멈추더니, 양손을 허리춤에 떡하니 짚으며 그들을 쳐다봤다.

"너희는 어디로 가느냐아아아아—?"

괴물이 우레 같은 목소리로 '가느냐'를 길게 뽑아내며 물었다. 앨리스에게는 절대 권력자의 목소리처럼 들렸다.

"우리가 어디로 가건 무슨 상관이에요?"

앨리스는 말을 마치기도 전에 찰리의 등뒤로 몸을 숨겼다.

"이 천방지축 꼬마야, 네가 감히 무슨 상관이냐고 묻는 것이냐? '나'의 미로 안에 들어와 있으면서!"

앨리스가 반박했다.

"그렇다면 '우리가 어디로 갈지'는 당신하고 상관이 있을

---

* 알바르 누녜스 카베사 데 바카. 16세기 스페인의 탐험가. 카베사 데 바카(Cabeza de Vaca)는 '암소의 머리'라는 뜻이다.

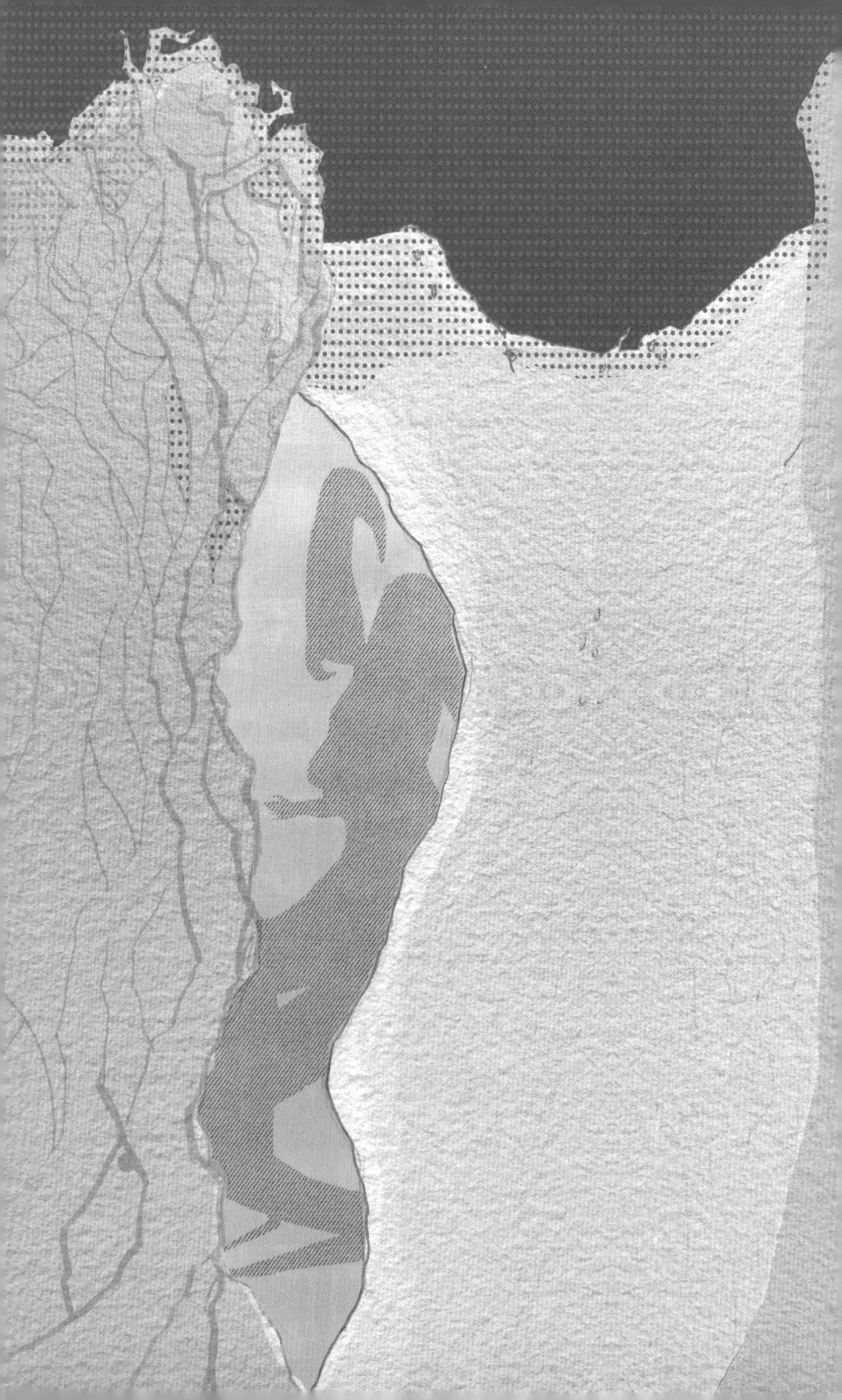

수 있겠네요. 하지만 우리가 어디로 갈지 '생각하는' 건 우리 문제예요."

미노바카가 두 사람을 위협하듯 으르렁거렸다.

"나는 잘난 체하는 여자애들은 딱 질색이다!"

찰리가 중재자로 나서며 상황을 조정했다.

"이 아이는 잘난 체하는 여자애가 아닙니다. 오히려 '못난 체하는' 아이에 가깝죠. 구구단도 잘 모르거든요."

미노바카가 흠칫 놀라며 말했다.

"그게 정말인가?"

"나는 수학에 대해서는 아무것도 모르고 알고 싶지도 않아요."

앨리스의 말투는 사뭇 도전적이었다. 비록 여전히 찰리의 등뒤에 숨어 있었지만.

"좋아, 내가 오늘은 마음의 여유가 좀 있으니 온정을 베풀어보도록 하지. 네가 정말 아무것도 모르는지 시험을 해보겠다. 만약 네가 시험을 통과한다면 가던 길을 계속 갈 수 있게 허락해주마."

앨리스가 반박했다.

"어떻게 '아는' 게 아니라 '모르는' 걸 시험할 수 있죠? 그건 아무도 할 수 없어요."

"나는 내가 하고 싶은 건 뭐든 다 할 수 있다!"

"아이 참, 모르는 걸 시험하는 게 무슨 의미냐고요! 뭔가에 대해 모르기란 아주 쉬운 일이잖아요."

미노바카가 고개를 끄덕였다.

"그래, 맞다. 뭔가를 모르기란 상당히 쉬운 일이지. 하지만 '모른다'는 사실을 아는 것, 또 '안다'는 사실을 아는 것은 그다지 쉬운 일이 아니야. 사실 '모른다'는 사실을 깨닫는 것이야말로 앎의 길로 가는 진정한 열쇠라 할 수 있다."

앨리스가 제법 침착하게 단언했다.

"그럼 저는 제가 모르고 있다는 걸 매우 잘 알고 있어요."

"어디 한번 보자. 친구 말로는 네가 구구단을 모른다던데."

"전혀 모르는 건 아니에요. 전부 배울 생각이 있는 것도 아니지만요. 처음엔 다들 수학이 논리적으로 생각하는 것이지 그냥 열심히만 해서 되는 건 아니라고들 하죠. 그런데 나중에 가서는 산더미 같은 곱셈들을 다 외우라고 한다니까요."

"반드시 외워야 하는 건 몇 개 되지 않아. 그 몇 개 안 되는 것에서부터 시작하면 세상에 있는 어떤 곱셈이든 쉽게 할 수 있어. 그게 다 놀라운 자릿수 체계 덕분이지."

앨리스의 머릿속에 찰리와 처음 나눴던 대화가 떠올랐다.

"네, 적어도 복잡한 로마 숫자를 쓸 필요는 없어졌죠."

"그래, 로마 숫자는 쓰기가 복잡할 뿐 아니라 실용성도 좀 떨어지지. 하지만 엄밀히 말하면 로마 숫자야말로 곱셈을 처음 배우기에는 더없이 유용한 숫자다."

바로 그때 언제나처럼 안절부절못하는 하얀 토끼가 나타나 호주머니에서 회중시계를 꺼내 보며 혼잣말로 소리쳤다.

"지긋지긋한 지각!"

그러고는 시치미 뚝 떼고 그 자리에서 슬쩍 빠져나가려는데, 미노바카가 거만한 목소리로 외쳤다.

"거기 너, 이리 와봐!"

순간 제자리에 얼어붙었던 하얀 토끼가 기다란 귀를 아래로 축 늘어뜨린 채 다가오더니 변명을 늘어놨다.

"용서하세요, 제가 너무 급한 나머지……"

미노바카가 하얀 토끼의 말을 퉁명스레 끊으며 말했다.

"이 아이도 곱셈을 배우려면 무척이나 급하다. 네 시계를 이리 다오."

하얀 토끼는 순순히 시계를 미노바카에게 주었다. 미노바카가 그 시계를 앨리스에게 보여주며 말했다.

"이 시계에는 로마 숫자 I이 스무 개 있다. 이것으로 1단에서 4단까지 구구단을 만들 수 있다."

앨리스가 물었다.

"그런데 왜 숫자 4가 IV가 아니라 IIII로 표시된 거죠?"

"로마 숫자 IV는 4를 뜻하는 동시에 라틴어로 주피터를 뜻하는 IVPITER의 첫 음절이기도 하다. 알다시피, 아니 네가 알아야 하다시피 주피터는 옛 로마인들에게 매우 중요한 신이었지. 그래서 로마인들은 4를 표시하는 데 주피터의 첫 음절을 사용하는 걸 불경스러운 일이라 생각했다. 게다가 그리 중요한 수도 아니었기에 I을 네 번 그어서 그 수를 표시했지. 중세에 이르러서야 다시 정확한 모양으로 쓰기 시작했지만, 시계만큼은 계속해서 로마인들의 옛 관습 그대로 쓰곤 했다. 아, 그런데 지금 이 수업은 역사가 아니라 수학이지. 자, 다들 나를 따라오너라."

미노바카는 낮은 탁자 쪽으로 걸어갔다. 엄밀히 말하자면 윗부분이 평평하고 반반하게 가지치기가 되어 있는 키 작은 회양목이었다. 탁자 위에는 네모난 흰색 나무판 하나가 놓여 있었다.

미노바카가 시계를 판 위에 대고 탈탈 흔들었다. 그러자 스무 개의 I이 우수수 떨어지며 무질서하게 쌓였다. 뒤이어 미노바카는 목에 걸고 있던 호루라기를 입에 물었다. 사실 앨리스는 암소들이 목에 방울을 단 것은 많이 봤지만 호루라기를 걸고 있는 모습은 난생처음이었다. 미노바카가 호루라기를 힘차게 네 번 불자, I들이 흰색 나무판 위에 다섯 개씩 네 줄로 정렬했다.

I I I I I

I I I I I

I I I I I

I I I I I

"어떻게 한 거예요?"

놀란 앨리스가 묻자 미노바카는 자랑스레 대답했다.

"나는 판의 여왕, 이 판, 저 판, 장기판, 널판, 마판, 나무판의 여왕이다. 이제 말해보거라. 이 판에서 뭐가 보이지?"

"작대기 스무 개, 아니 로마 숫자 I이 스무 개 있다고 하는 게 낫겠네요."

"어떻게 배열되어 있지?"

"다섯 개씩 네 줄로요."

"어째서 네 개씩 다섯 줄이라고 하지 않지?"

"이거나 그거나 결국 같은 말인데요, 뭐."

"맞다. 다섯 개씩 네 줄이라는 말은 네 개씩 다섯 줄이라는 말과 같은 뜻이지. 이제야 비로소 네가 곱셈의 교환법칙을 알아냈구나. '수의 순서를 바꿔 곱해도 그 곱셈 값은 달라지지 않는다'라는 더없이 아름다운 법칙 말이다."

미노바카가 불었다 말았다 하며 리듬감 있게 호루라기 소리를 냈다. 그러자 작대기들이 다시 움직이더니 로마 숫자 I에서 IIII까지 모양을 갖춰 가로 세로 각 한 줄씩으로 대열을 이루었다.

IIII				
III				
II				
I				
	I	II	III	IIII

"왜 이렇게 자리를 잡는 거죠?"

"구구단처럼, 사사단을 만들려는 거다."

미노바카는 회양목 탁자의 숨겨진 구멍에서 소금병을 두 개 꺼냈다. 하나는 크고 하나는 작았다.

"다 먹어치우려고요?"

"아니, 나는 버릇없는 여자애들만 잡아먹는다. 이것들을 싹 다 먹어치워야 하는 건 바로 너다. 네 것으로 완전히 흡수해버려야 해. 단, 머리로! 여기 있는 이 두 개의 병에는 곱게 빻은 버섯가루가 들어 있다. 너도 잘 아는 '애벌레의 버섯'으로 만들었어. 한쪽은 몸을 크게 만들고 다른 한쪽은 몸을 작게 만들지.*"

"큰 병에 들어 있는 가루는 크게 만들고, 작은 병에 들어 있는 가루는 작게 만든다는 건가요?"

"당연히 반대다."

"왜요?"

"작은 것이 커지고 큰 것이 작아지는 게 당연하지 않느냐."

미노바카는 대답과 동시에 작은 병에 든 버섯가루를 작대기 위에 솔솔 뿌렸다. 작대기들이 금세 스무 배로 커졌다.

* 『이상한 나라의 앨리스』에 나오는 내용으로, 애벌레가 사는 버섯을 두 조각 떼어 먹은 앨리스가 커지기도 하고 작아지기도 한다.

"꼭 석쇠 같은 모양이 되었네요."

"그래. 이 석쇠는 사사단이다. 숫자 두 개가 만나는 점들이 그 두 수를 곱한 값이 되지."

"정말 그렇네요. 2와 3이 만나면 여섯 개의 점이 생기고, 3과 4가 만나면 열두 개의 점이 생기고……"

미노바카가 큰 병의 버섯가루를 작대기 위에 솔솔 뿌리자 작대기들이 대번에 원래 크기로 되돌아왔다. 이윽고 미노바카는 하얀 토끼의 회중시계를 판 위에 올려놓고 호루라기를 힘차게 두 번 불었다. 그러자 I들이 시계의 둥그런 문자반으로 질서정연하게 돌아갔다.

하얀 토끼가 땅이 꺼져라 한숨을 내쉬며 말했다.

"저는 이제 그만 가도 될까요? 정말 급하답니다!"

미노바카가 회중시계를 돌려주며 말했다.

"나 때문이라면 가도 좋다. 다만 성질 급한 네가 과연 이 미로를 잘 빠져나갈 수 있을지 모르겠구나."

하지만 하얀 토끼는 전혀 헤매지 않았다. 새하얀 번개처럼 잽싸게 뛰어 미로의 울타리 벽으로 곧장 가더니 거기 감춰져 있던 출입구를 통해 휘리릭 사라져버렸다.

미노바카가 앨리스를 빤히 쳐다보며 말했다.

"좋다. 죽은 척하는 모기 녀석아, 이제 네가 정말 모르는 게 뭔지 한번 보자. 너는 몇 단을 모르는 것이냐?"

"음, 7단요. 그런데 죽은 척하는 모기라고 부르지 마세요. 저도 당신처럼 포유동물이라고요."

"그렇다면 이제 너를 '땃쥐'라고 부르겠다. 이 세상에 있는 포유류 중 가장 작고 가장 하찮은 동물이니 말이야. 자, 그럼 7×2는?"

"그걸 모르는 사람이 어디 있어요? 14잖아요."

"그럼 7×3은?"

"그건 3×7과 같은 거니까 21이죠."

"7×4는?"

"7×2의 두 배가 될 테니 28이죠."

"자, 봐라. 너는 정말 모른다기보다 그저 '모른다'고 생각하고 있었을 뿐이야. 너는 분명히 7단을 알고 있다."

"7단을 전부 다 알지는 못해요. 예를 들면 7×9가 얼마인지는 모른단 말이에요."

"하지만 9단을 안다면 분명 그 답을 알았겠지."

"당연하죠. 7×9가 곧 9×7이니까요. 하지만 저는 9단도 모르는걸요."

"너는 분명히 알고 있다. 봐라."

미노바카는 회양목 틱자의 또나른 구멍에서 숫자들과 짤막한 선들로 꽉 차 있는 조그만 상자를 하나 꺼냈다. 그리고 하얀색 나무판 위에 모조리 쏟아부었다. 그다음 호루라기를 불어 판 위에 널려 있는 모든 숫자와 선에게 명령을 내렸다. 짤막한 선들은 서로 몸을 교차해 × 모양이 되거나 나란히 누워 등호가 되었고, 숫자들도 등식에 맞게 저마다 제자리를 찾아갔다.

$$9 \times 2 = 18$$
$$9 \times 3 = 27$$
$$9 \times 4 = 36$$
$$9 \times 5 = 45$$
$$9 \times 6 = 54$$
$$9 \times 7 = 63$$
$$9 \times 8 = 72$$
$$9 \times 9 = 81$$

앨리스가 등식을 자세히 살펴보더니 입을 열었다.

"9×1하고 9×10은 빠졌네요."

미노바카가 대꾸했다.

"빠진 게 아니라 필요가 없는 것이다. 그 두 가지는 그냥 지나가도 무방할 만큼 사소하니까. 어떤 수든 1을 곱하면 그 자신이 되고, 10을 곱하면 그저 0만 붙여주면 되기 때문이지. 좋아, 그럼 이 판을 주의깊게 봐라."

앨리스는 나름 확신에 찬 목소리로 말했다.

"이미 보고 있긴 한데요, 아마 판에서 눈을 떼는 순간 머릿속이 곧바로 새하얘지면서 기억이 하나도 안 날 거예요."

"주의깊게 잘 보거라. 그 판이 네 머릿속에 콕 박히게끔 말이다."

"주의깊게 본다는 게 어떤 건데요?"

"주의깊게 본다는 건 차근차근 본다는 의미다. 그러니 우리도 처음부터 시작해보자꾸나. 먼저 9×2=18을 보자. 이 곱셈 값의 첫 자릿수인 1은 곱하기한 수 2에서 1을 뺀 값, 즉 1과 같고(2－1=1), 두번째 자릿수는 첫 자릿수인 1이 9가 되기 위해 필요한 값, 즉 8과 같다(9－1=8). 그렇게 곱셈의 답은 18이 된다. 이제 9×3=27을 보자. 곱셈 값의 첫 자리는 곱하기한 수 3에서 1을 뺀 2가 되고(3－1=2), 둘째 자리는 첫 자리의 2가 9가 되기 위해 필요한 값, 즉 7이 되어(9－2=7) 곱셈 값은 27이 되는 거다."

"알겠어요! 항상 이렇게 되는 거군요!"

"그렇다면 9×7은 어떻게 되지?"

미노바카는 앨리스가 보지 못하게 탁자 위 판을 손으로 탁 덮었다.

"곱하기한 수가 7이니 곱셈 값의 첫 자리는 거기서 1을 빼서 6이 되네요. 두번째 수는 그 6이 9가 되기 위해 필요한 수,

그러니까 3일 테고요. 그래서 9×7=63이에요."

"이제 알겠느냐? 너는 9단을 이미 알고 있었던 거다. 단지 너 자신이 그 사실을 모르고 있었던 것뿐. 실제로 너는 9단을 분명 알고 있는 것이다."

"전부 아는 건 아니에요."

"전부 아는 게 맞아."

미노바카는 이렇게 대꾸하고는 판 위로 입김을 후 불었다. 그러자 모든 숫자와 기호가 새까맣고 조그만 벌레들처럼 죄다 날아가버렸다. 그러고 나서 판을 한 번 뒤집었는데, 뒷면(아니, 앞면인가?)에 가로 세로 여덟 개씩 칸이 그려져 있었다.

"체스판 같아요. 그런데 체스판하고는 다르게 칸이 전부 하얀색이네요."

"이건 판이자 표다. 구구단 표."

미노바카는 이렇게 말하면서 숫자로 가득찬 또다른 상자 하나를 꺼냈다. 작긴 했지만 먼젓번 상자보다는 컸다. 이번에도 상자 속에 들어 있던 숫자들을 판 위에 죄다 쏟았다. 호루라기를 몇 차례 불자 숫자들이 대열을 갖췄다.

9	18	27	36	45	54	63	72	81
8	16	24	32	40	48	56	64	72
7	14	21	28	35	42	49	56	63
6	12	18	24	30	36	42	48	54
5	10	15	20	25	30	35	40	45
4	8	12	16	20	24	28	32	36
3	6	9	12	15	18	21	24	27
2	4	6	8	10	12	14	16	18
	2	3	4	5	6	7	8	9

"1단과 10단이 빠져 있……"

앨리스가 말을 맺기도 전에 미노바카가 끼어들었다.

"또 그 소리! 빠진 게 아니라 필요 없는 거라고 이미 말하지 않았느냐. 그냥 넘어가도 무방할 만큼 사소해서 지운 것이야. 계속 이렇게 사소한 것에 대해 말할 요량이라면 차라리 내가 너를 확 지워버려야겠다!"

미노바카가 겁을 주려고 하자 앨리스가 반박했다.

"제가 하려던 말은 그게 아니에요! 1단과 10단이 빠져 있긴 하지만 그래도 외워야 하는 곱하기가 한 무더기는 된다는 말을 하고 싶었다고요!"

"아니, 반 무더기뿐이다. 왼쪽 아래서 오른쪽 위로 이어지는 대각선이 있다고 생각해보거라. 그 대각선을 기준으로 위쪽에 있는 숫자들과 아래쪽에 있는 숫자들은 똑같다."

앨리스가 고개를 끄덕였다.

"정말 그러네! 하지만 아직도 너무 많아요."

"많아봐야 식은 죽 먹기다. 2단은 2, 4, 6, 8…… 이렇게 이어지는 짝수들의 연속이거든. 짝수만 알면 해결되는 것이니 곧바로 지워버릴 수 있다. 3단은……"

"3단은 알아요."

"그럼 3단 역시 지울 수 있겠군. 4단은 2단의 두 배지. 2×3=6을 안다면 4×3=12라는 것도 아는 거다. 이제 5단을 보자. 5단을 모른다는 건 말도 안 되지. 5와 곱하는 각 수를 반으로 나눠 거기에 10을 곱하기만 하면 되니까. 6의 절반은 3이니 5×6=30이고, 7의 절반은 3.5이니 5×7=35, 이렇게 되는 거다."

"그렇네요, 이제 알겠어요……"

"이제 고개를 들어보거라. 계속해야지. 6단은 3단의 두 배다. 그래서 3×4=12라면 6×4=24가 된다. 그 외의 것들도 모두 같은 방식이지. 8단은……"

"7단을 건너뛰었는데요."

"건너뛴 게 아니다, 이 잘난 체하는 꼬마 아가씨야. 마지막에 하려고 남겨둔 거다. 8단은 2단의 두 배였던 4단의 두 배다. 4×3=12이니 8×3=24가 되는 것이다. 9단에 대해서는 너도 이미 알고 있고."

"하지만 7단이 빠졌잖아요."

미노바카가 반박했다.

"빠진 것처럼 보이지만, 네가 이미 7단을 제외하고 다른 것을 모두 알고 있으니 2×7=14, 3×7=21, 4×7=28, 5×7=35, 6×7=42, 8×7=56, 9×7=63이라는 것도 알고 있는 셈이지. 빠진 건 7×7뿐이다."

"저 그거 알아요, 7×7=49!"

"이제 알겠느냐? 너는 이미 9단까지 다 알고 있었단 말이다. 아는 게 없다고 말했지만 이렇게 다 알고 있으니, 너는 이 시험을 통과하지 못한 것이다. 그러니 이제 내가 너를 잡아먹을 차례구나."

앨리스는 다시 찰리의 등뒤로 몸을 숨기고 반박했다.

"저를 잡아먹을 수는 없어요. 소는 초식동물이니까요."

"좋아, 그렇다면 지푸라기 같은 너의 노란 머리칼이라도 남김없이 먹어치워야겠다."

앨리스가 발끈했다.

"지푸라기 같다니요! 얼마나 탐스럽고 근사한 금발인데!"

"네가 나를 충분히 만족시킬 만한 말이나 행동을 한다면 가던 길을 계속 갈 수 있도록 놓아주지."

앨리스가 확신에 가득찬 목소리로 자신 있게 말했다.

"당신처럼 훌륭한 수학선생님은 만난 적이 없어요. 이 세상

최고의 수학선생님이세요!"

앨리스의 말에 한껏 기분이 들뜬 미노바카는 얼굴까지 붉어지며 만족스러운 웃음을 지었다. 앨리스가 찰리에게 작은 목소리로 소곤댔다.

"좋아서 얼굴이 붉어지도록 웃는 모습이 꼭 '래핑 카우'* 같아요."

"'래핑 카우'가 아니라 '래핑 미노바카'겠지."

찰리가 어김없이 지적을 했다.

* 프랑스 치즈 제품명. 포장지에 웃는 얼굴의 빨간 소가 그려져 있다.

시르함 왕의 밀알 사막

복잡한 미로 속을 계속해서 나아가던 중 앨리스가 찰리에게 물었다.

“카드 0은 왜 그렇게 미노바카를 무서워했던 걸까요? 미노바카는 해를 끼치지 않던데.”

“우리한테는 해를 끼치지 않았지. 하지만 생각해보렴. 카드는 얇은 종이로 되어 있고 종이는 풀과 마찬가지로 식물성이니, 소가 종이를 먹지 않을까? 그래서 카드 0이 미노바카를 무서워했던 거야.”

얼마 지나지 않아 앨리스와 찰리는 바닥에 아주 사살한 자갈이 깔려 있는 지점에 이르렀다. 자갈은 아주 보드레하고 한결같이 고른 모양이었는데, 한 걸음씩 발을 옮길 때마다 아드득 아드득 소리가 났다. 자갈을 자세히 보려고 몸을 웅크린 앨리스가 갑자기 소리쳤다.

"밀이에요! 바닥에 밀알이 융단처럼 깔려 있어요!"

찰리가 대수롭지 않다는 듯 대답했다.

"우리가 미로의 출구에 거의 다 왔다는 증거야."

정말로 잠시 후 찰리와 앨리스는 노란빛으로 넘실대는 드넓은 공간으로 빠져나오게 되었다. 끝도 없이 펼쳐진 눈부신 사막이었다. 모래사막이 아니라 밀알 사막이라는 점만 달랐다.

"이게 뭐예요?"

앨리스가 놀라서 두 눈을 휘둥그레 뜨며 묻자 찰리가 대답했다.

"시르함 왕의 빚이란다. 정확히 말하면 그가 진 빚의 아주 작은 일부분이지."

"이렇게 많은 밀알을요? 누구한테요?"

"그건 시르함 왕에게 직접 듣는 게 더 나을 것 같은데? 저기 언덕 꼭대기에 자그마한 점이 보이지? 시르함 왕일 거야. 자, 왕을 만나러 가자."

두 사람은 한없이 펼쳐진 밀알 사막을 진이 빠지도록 걷고 또 걸어서 비로소 언덕의 가장 높은 곳에 이르렀다. 그곳에는 화려한 동양풍 옷을 입고 터번을 둘러쓴 기다란 흰 수

염의 노인이 온갖 색실로 곱게 짜인 양탄자 위에 책상다리를 하고 앉아 있었다. 양탄자 위에는 체스판도 하나 놓여 있었다. 거기서 몇 미터 안 되는 지점에서 커다란 뿔이 언덕에 반쯤 파묻힌 채 어마어마한 양의 밀알을 쉼없이 토해내고 있었다. 뿔에서 쏟아져나오는 밀알들은 부드러운 경사면을 타고 미끄러져 내려갔는데, 마치 천천히 흘러가는 밀알의 강 같았다.

앨리스는 노인에게 다가가 예의바르게 인사한 후 물었다.

"여기 있는 이 밀알로 빚을 갚고 계시다던데, 그게 정말인가요?"

시르함 왕이 대답했다.

"그래. 약 2,000년 전, 그러니까 내가 인도의 왕이었던 시절의 얘기란다. 체스를 발명한 자에게 사례를 하려 했더니 그가 밀알을 요구하더구나. 체스판의 첫번째 칸에 한 개, 두번째 칸에 두 개, 세번째 칸에 네 개, 네번째 칸에는 여덟 개 하는 식으로 칸마다 앞선 칸에 있는 수의 두 배가 되도록 밀알을 놓아서 체스판을 다 채울 수 있는 만큼의 밀알을 달라고 했지."

"그래봐야 얼마나 되겠어요?"

왕이 한숨을 푹 내쉬며 말했다.

"처음엔 나도 그렇게 생각했단다. 하지만 궁정 수학자들에게 시켜 그 영악한 발명가에게 지불해야 할 밀알 개수를 계산해보니, 이 세상에 있는 밀알을 다 합쳐도 구할 수 없을 만큼 어마어마한 양이 나왔단다. 태초 이래 그만큼의 밀알은 세상에 있어본 적이 없었다. 보거라. 여기 계산서가 있으니."

왕이 앨리스에게 내민 것은 체스판이었다. 각 칸에는 숫자가 적혀 있었다.

1	2	4	8	16	32	64	128
256	512	1,024	2,048	4,096	8,192	16,384	32,768
65,536	131,072	262,144	524,288	1,048,576	2,097,152	4,194,304	8,388,608
16,777,216	33,554,432	67,108,864	134,217,728	268,435,456	536,870,912	1,073,741,824	2,147,483,648
4,294,967,296	8,589,934,592	17,179,869,184	34,359,738,368	68,719,476,736	137,438,953,472	274,877,906,944	549,755,813,888
1,099,511,627,776	2,199,023,255,552	4,398,046,511,104	8,796,093,022,208	17,592,186,044,416	35,184,372,088,832	70,368,744,177,664	140,737,488,355,328
281,474,976,710,656	562,949,953,421,312	1,125,899,906,842,624	2,251,799,813,685,248	4,503,599,627,370,496	9,007,199,254,740,992	18,014,398,509,481,984	36,028,797,018,963,968
72,057,594,037,927,936	144,115,188,075,855,872	288,230,376,151,711,744	576,460,752,303,423,488	1,152,921,504,606,846,976	2,305,843,009,213,693,952	4,611,686,018,427,387,904	9,223,372,036,854,775,808

"세상에, 이게 뭐예요! 게다가 밀알이 총 몇 개 필요한지 알려면 모든 칸의 값을 전부 더해야 하잖아요!"

찰리가 끼어들었다.

"그 계산은 아주 쉬워."

"쉽다고요? 예순네 개의 수를 모두 더해야 한다고요! 엄청 큰 수도 많은데……"

"주의깊게, 차근차근 살펴보렴. 미노바카가 말했던 것처럼 말이야. 처음 두 개의 수를 합하면 3이 되는데 세번째 수는 4지. 처음 세 개의 수를 합하면 7이 되는데 네번째 수는 8이야. 처음 네 개의 수를 합하면 15가 되는데 다섯번째 수는 16이고……"

"알겠어요! 각 칸의 수는 그보다 앞선 칸에 있는 모든 수의 합에 하나를 더한 값이로군요!"

"바로 그거야. 그러니까 이런 식으로 이어지는 모든 수의 총합은 마지막 수의 두 배에서 1을 뺀 수가 된단다. 즉 총합이 1,844경 6,744조 737억 955만 1,615가 되는 거야. 어림수로 1,850경이지."

"큰 수인가요? 저는 '경'이라는 단위가 상상이 안 돼요."

"이 세상 어느 누구도 상상할 수 없겠지. 사람들이 일반적으로 생각할 수 있는 수의 범위를 한참 벗어나 있으니까. 네가 조금이나마 짐작할 수 있도록 다르게 한번 설명해볼까? 시르함 왕의 보물 중에 가장 눈에 띄는 저 풍요의 뿔은 1초당 1세제곱미터의 밀알을 뱉어내. 그 1세제곱미터 안에는 1,500만 개의 밀알이 들어가는데……"

"그럼 빚을 갚는 데 얼마 걸리지 않겠네요."

"그렇게 생각하니? 어디 한번 계산해보자. 뿔은 2,000년 동안 한순간도 멈추지 않고 밀을 생산했어. 하루는 86,400초, 1년은 어림잡아 3,000만 초, 2,000년이 흘렀으니 총 600억 초가 지났다는 말이야. 뿔은 1초당 1,500만 개의 밀알을 생산하니까 이미 약 100경 개의 밀알을 생산한 거야. 이 속도로 시르함 왕이 갚아야 할 1,850경의 밀알을 얻으려면 30,000년 이상 걸린다는 결론이 나와."

"끔찍하네요, 생각만 해도 멀미가 나요! 당장 이 무시무시한 밀알 사막에서 빠져나가요."

앨리스가 진저리를 치자 찰리가 왕을 쳐다보며 말했다.

"어쩌면 왕이 우리에게 빠져나가는 길을 일러줄지도 몰라."

시르함 왕이 말했다.

"내 양탄자가 너희들을 태워다줄 것이다. 하지만 그전에 나와 체스를 한 판 둬야 해. 나는 천문학적인 숫자도 지겹고 끝없이 빚을 갚는 일에도 신물이 나니, 게임에서는 가능한 한 말을 적게 움직여서 나를 이겨야 한다."

왕은 말이 끝나기가 무섭게 섬세하게 조각된 상아 상자에서 말들을 꺼내 체스판 위에 배치했다. 자기 쪽으로 흰색 말들을 배열한 왕은 폰을 한 칸 앞으로 옮겨 첫 수를 두었다.

앨리스가 찰리에게 귓속말로 소곤댔다.

"어떻게 하면 우리가 말을 적게 움직여서 왕을 이길 수 있을까요? 게다가 왕은 흰색 말로 두잖아요!"

작가가 앨리스를 진정시켰다.

"왕이 흰색 말로 두는 게 우리에게 더 유리할 거야."

"왜죠?"

"왕이 우리가 최대한 말을 적게 움직여서 자신을 이길 수 있는지를 걸고 체스 게임을 제안한 건 그게 가능해서일 거야. 만약 우리가 이길 수 없는데 그렇게 제안한 거라면 정직한 제안이 아니겠지. 그리고 그렇게 이기기 위해서는 그가 도와줘야 해."

찰리는 검은색 폰을 한 칸 앞으로 옮겼다.

"왕이 정직한지 아닌지 어떻게 알겠어요?"

"1,850경의 밀알을 갚아나가고 있잖아."

폰을 두 칸 앞으로 옮긴 시르함 왕이 말했다.

"첫 수는 남자가 두었으니 이번 수는 여자아이가 두어야 한다."

찰리가 앨리스에게 말했다.

"앨리스, 잘 생각해. 게임을 최대한 짧게 끝내려면 바로 '지금' 이겨야 해."

"지금이라고요?"

앨리스는 말들이 배치되어 있는 상황을 주의깊게 관찰했

다. 그리고 마침내 대각선 방향에 있는, 체스판의 제일 가장자리로 퀸을 옮겼다.

"체크메이트!"

"아주 잘했다."

시르함 왕이 앨리스를 칭찬했다.

"이게 바로 최대한 짧게 끝나는 게임이다. 나는 그저 체스나 한번 두고 싶었던 거란다. 자, 이제 내 양탄자에 오르거라."

"하늘을 나는 양탄자인가요?"

앨리스의 물음에 왕이 대답했다.

"아니, 그보다 훨씬 더 좋은 파도타기 양탄자란다."

숫자나무

앨리스와 찰리는 양탄자에 올라타 책상다리를 하고 앉았다. 그들을 태운 양탄자는 완만한 경사면을 타고 스르르 미끄러져 내려갔다. 꼭 썰매를 탄 기분이었다.

앨리스가 물었다.

"어디로 가는 거죠?"

"글쎄. 하지만 어디로 가든 다 마찬가지야. 이곳은 산더미처럼 쌓여 있는 밀알의 언덕이고, 우린 이 언덕 비탈을 타고 줄곧 미끄러져 내려가고 있으니(너도 알다시피 위로 미끄러지는 선 불가능하지), 결국 이 밀알 더미에서 빠져나가게 될 거야."

찰리의 말처럼 얼마 지나지 않아 두 사람은 밀알 더미에서 빠져나와 이상한 숲에 다다랐다. 신기하게도 이 숲의 나무들은 이파리는 하나도 없이 하늘을 향해 가지를 쭉쭉 뻗고 있었다. 사실 나무라기보다 높이와 가지의 수가 서로 다른 나무 모양의 촛대 같았다. 어떤 나무는 2미터가 채 안 되었고, 어떤 나무는 그보다 훨씬 컸다. 나무에서 뻗어나온 가지들은 높이가 서로 달랐지만, 신기하게도 뻗어 있는 모양이 모조리 같았다. 큰 줄기에서 뻗은 나뭇가지의 끝에 구슬들이 하나씩 대롱대롱 매달려 있었다.

앨리스가 양탄자에서 일어서며 말했다.

"왠지 이 나무들이 뭔가를 의미하는 것 같아요. 그런데 대체 뭔지……"

"훌륭한데? 이 나무들은 숫자나무들이야. 나무 끝에 매달린 구슬들이 바로 자기들 수를 나타내지. 1나무는 가지와 몸통이 하나야. 그래서 단일한 수, 단수야. 2나무는 하나의 몸통에서 두 개의 가지가 뻗었어. 손바닥을 편 모양처럼 보이는 5나무는……"

그때 앨리스가 물었다.

"10나무는 하나의 몸통에서 두 개의 나뭇가지가 뻗고 그 두 개의 나뭇가지에서 다시 각각 다섯 개의 나뭇가지가 뻗었네요. 왜 저래요?"

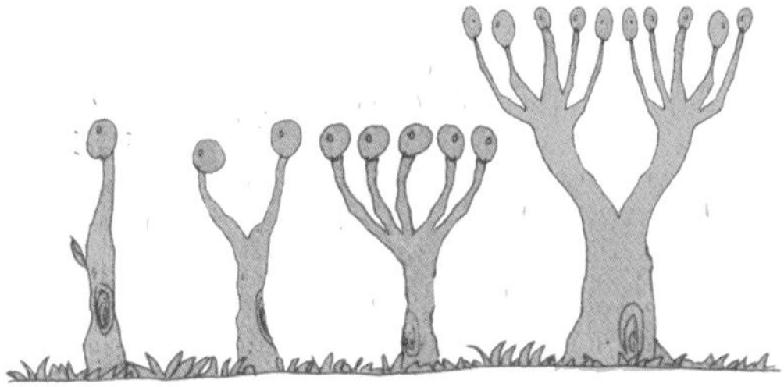

“그게 말이다, 모든 나무들은 가능한 한 더 높이 자라고 싶어하지만 항상 이 간단한 규칙을 따라야 하거든. ‘일정 높이의 가지들은 다음 단계의 높이로 자랄 때 각각 똑같은 수의 가지로 나눠진다.’”

“그래서 10나무의 경우에는 일층에 있는 두 개의 나뭇가지가 이층으로 자라 올라가면서 각각 다섯 개의 나뭇가지로 나눠진 거군요.”

“응. ‘층’이라는 표현 좋은데? 그래서 2나 5, 17 같은 소수나무들은 ‘층’이 하나밖에 없는 거지.”

“그런데 나무들이 왜 이렇게 뒤죽박죽이죠? 첫 줄에는 1, 2, 5, 10, 17 식이고, 둘째 줄에는 4, 3, 6, 11……”

“뒤죽박죽이 아니야. 이런 배열에 따르는 거지.”

찰리가 주머니에서 연필과 공책을 꺼내더니 숫자를 적어나갔다.

1	2	5	10	17	26	37
4	3	6	11	18	27	38
9	8	7	12	19	28	...
16	15	14	13	20	29	
25	24	23	22	21	30	
36	35	34	33	32	31	

숫자들을 살펴본 앨리스가 말했다.

"되게 이상한 배열이네요!"

"언뜻 보면 그렇겠지. 하지만 주의깊게 잘 살펴보렴. 숫자들이 점점 더 큰 네모를 만들어가고 있어."

찰리는 숫자들을 무리 지으며 사각형 속에 넣었다.

1	2	5
4	3	6
9	8	7

"아, 정말 그러네요!"

"그래서 첫 세로줄이 1, 4, 9, 16, 25, 36…… 이렇게 제곱수로 이어지게 된 거야."

숲 안쪽으로 들어갈수록 나무들의 키는 더 커졌다.

"우리 지금 어디로 가는 거예요?"

앨리스의 물음에 몽상가 찰리가 대답했다.

"누군가 이런 말을 한 적이 있지. '수학자란 숫자의 숲에서 길을 잃은 남자다.'"

"길 잃은 여자는 아니고요?"

앨리스가 따지듯 물었다.

"듣고 보니 네 말에도 일리가 있네. 딱 지금 너한테 맞는 말이기도 하고."

"우리, 벌써 길을 잃은 거예요? 이제 막 들어왔는데."

"아니, 길을 잃었다는 건 그냥 표현이야. 사실 수들은 어떤 식으로든 일정한 규칙을 따르기 때문에 숫자 사이에서 길을 잃기란 아주 어려운 일이란다. 예를 들어, 지금 우리가 이 숲을 대각선으로 가로질러가고 싶다면 대각선을 따라 이어진 1, 3, 7, 13, 21, 31을 따라가기만 하면 돼."

찰리는 연필을 들어 조금 전 공책에 작성해두었던 네모 속 숫자들을 대각선으로 죽 가리켜 보였다.

"다음 수는요? 다음에 나올 수가 뭔지 알려면 매번 더 커다란 네모들을 그려가야 하는 거예요?"

"아니, 그럴 필요 없어. 주의깊게 살펴보면 수들이 아주 단순한 규칙을 따르고 있다는 걸 알 수 있거든. 3은 1+2, 7은 3+4, 13은 7+6, 21은 13+8……"

"알겠어요! 더하는 수가 매번 2만큼씩 늘어나고 있어요. 앞자리 수에다 그걸 더하면 다음번 수가 나오는 거예요. 31은 21+10이니까 그다음은 31+12, 즉 43이 되겠네요!"

"그렇지. 그러니까 우리가 이 숲을 대각선으로 잘 가로지르고 있는지 알려면, 그저 이따금 그 수에 맞는 나무 옆을 지나가고 있는지 확인만 하면 되는 거야."

"알겠어요. 그런데 수들은 점점 커지잖아요. 그 많은 구슬을 언제 다 세냐고요!"

"셈은 몇 개의 공식만 쓰면 아주 간단히 해결돼. 우린 지금 왼쪽으로 조금 비뚤어지게 가고 있어. 어떻게 알았냐면, 대각선 방향으로 가려면 구슬 쉰일곱 개가 달린 나무 옆을 지나야 하는데, 지금 이 나무에는 쉰여섯 개가 달려 있거든."

앨리스가 놀라 물었다.

"어떻게 그렇게 빨리 셌어요?"

"나무가 네 단계로 자란 거 보이지? 처음 세 단계까지는 가지마다 두 개씩 작은 가지가 뻗어 있어. 네번째 단계에서는 작은 가지들이 일곱 개씩 뻗었고. 그러니까 2×2×2×7을 하면 구슬이 총 쉰여섯 개가 달렸다는 사실을 알 수 있는 거야. 나무들은 아까 말한 그 규칙에 따라 가능한 한 높게 자라면서 자신의 소인수, 즉 '소수인 인수'들만큼 가지를 뻗거든."

"그럼 나무가 더 높은 단계로 가지를 뻗어올리려면 인수들

이 최대한 작게 분해되어야겠네요."

"맞아. 인수가 많아질수록 나무가 가지를 뻗는 단계가 높아지는 거지. 그리고 다른 인수로 나눠지면 안 되니까, 가장 작은 인수는 언제나 소수야."

"그것 말고 더 쉽고 빠르게 셈을 할 수 있는 다른 방법은 없어요?"

"당연히 있고말고. 네 또래의 남자아이가 찾아낸 근사한 방법이야. 소년의 이름은 카를 프리드리히 가우스였어. 훗날 세상에서 가장 위대한 수학자 중 하나가 되었지. 어느 날 학교에서 선생님이 반 아이들 모두에게 1부터 100까지의 수를 전부 더해보라고 했단다. 아이들은 꼭 벌을 받는 기분이었는데……"

"수학선생님들이 얼마나 아둔한지 알겠죠?"

앨리스는 '아둔하다'는 말이 정확히 무슨 뜻인지도 잘 몰랐지만, 그게 가장 확실하게 모욕하는 말이라고 생각했다. 찰리가 고개를 끄덕였다.

"그래, 어떤 수학선생님들은 그렇기도 하지. 하지만 소년 가우스에게만큼은 그게 그렇게 아둔한 지시가 아니었어. 가우스는 몇 초 만에 문제를 풀어냈지."

"어떻게 했는데요?"

"사실 꽤 간단하게 풀 수 있는 문제야. 가우스는 백 개의 수를 이런 식으로 짝을 지었어.

$$1 + 100 = 101$$

$$2 + 99 = 101$$

$$3 + 98 = 101$$

$$\cdots$$

$$48 + 53 = 101$$

$$49 + 52 = 101$$

$$50 + 51 = 101$$

이렇게 해서 50개의 101이 생겼으니, 총합은 50×101, 즉 5,050이 되었지."

"가우스라는 소년은 참 영리했네요."

"가우스는 수를 일일이 더하지 않고도 등차수열의 합을 찾아냈던 거야."

앨리스가 투덜댔다.

"어휴, 또또 수학선생님처럼 얘기하시네."

"진정해. 설명해줄 테니까. 간단히 말해서 '등차수열'이란 앞에 있는 수에 매번 똑같은 수를 더해나가면서 수를 나열하는 거야. 매번 더하는 똑같은 수를 '공차'라고 부르지. 가장 간단한 등차수열은 1, 2, 3, 4, 5, …로 이어지는 자연수의 열이라고 할 수 있어. 각 수는 앞에 있는 수에서 1이라는 공차를 매번 더한 것이니까. 1, 3, 5, 7, 9, …로 이어지는 홀수들의 열은……"

앨리스가 끼어들었다.

"공차가 2인 등차수열이네요. 짝수도 마찬가지고요."

"맞아. 꽤 간단하지?"

"네, 하지만 '등차수열'이니 '공차'니, 별로 중요해 보이지도 않는 이런 용어들을 뭣 때문에 사용하는 거죠? 1씩, 혹은 2씩 더하면서 만들어지는 수라고 하면 쉽잖아요."

"혹시 집에 동물 키우니?"

"네, 샴 고양이 한 마리요."

"너는 왜 '샴'이니 '고양이'니 하는 별로 중요해 보이지도 않는 용어들을 쓰는 걸까? 그렇게 말하는 게 '쥐를 잡아먹고 야옹야옹거리는 북슬북슬한 조그만 동물'이라고 하는 것보다 더 쉽기 때문이 아닐까?"

앨리스가 따져 물었다.

"이거랑 그거랑 같아요?"

"똑같은 얘기야. 사물에 이름을 붙이고 그 이름을 쓰는 건, 그 사물에 대해 언급할 때 더 편하고 효율적으로 설명할 수 있기 때문이야. 이제 너는 수열이 뭔지 아니까, '앞에 있는 수에다 매번 똑같은 수를 더하면서 배열한 수의 열'이라고 길게 풀어서 설명하는 것보다 '수열'이라는 단어를 사용하는 게 훨씬 편리하다는 사실도 알게 되었을 거야. '쥐를 잡아먹고 야옹야옹거리는 북슬북슬한 조그만 동물'이라고 하는 것보다 그냥 '고양이'라고 하는 게 훨씬 더 편하고 정확한 것처럼."

"알겠어요. 하지만 세상에는 중요한 얘기를 한답시고 괜히 어려운 용어들을 잔뜩 사용하는 사람들이 얼마나 많다고요! 우쭐대면서 무조건 자기네 말을 믿으라고 하고. 아저씨도 아마 잘 아실 거예요."

"그래, 안타깝게도 네 말이 옳아. 세상은 수다쟁이, 사기꾼, 배운 척하는 사람들로 넘쳐나지. 하지만 용어들에는 잘못이 없어. 그런 용어를 잘못 사용하는 사람들이 문제지. 자, 다시 수열 얘기로 돌아가자……"

찰리는 나뭇가지를 무성하게 뻗어내 삼백마흔세 개의 구슬을 매달고 있는 한 그루의 아름드리나무 옆에 멈춰 섰다. 그

나무의 몸통에서는 일곱 개의 가지가 뻗어 있었고, 각 가지에는 일곱 개의 작은 가지들이, 또 그 작은 가지들에서는 다시 일곱 개의 작은 가지들이 자라 있었다. 찰리는 공책과 연필을 꺼내 뭔가를 쓰기 시작했다.

앨리스가 물었다.

"뭐하시는 거예요?"

"조금 전에 네가 잘 말했듯이 2, 4, 6, 8, 10, … 이렇게 짝수를 나열하면 이건 등차수열이 되지? 이 수열의 처음 열 개 수의 합을 계산해보자."

"가우스의 비법을 사용해서요?"

"그래, 하지만 셈을 좀더 명확히 하기 위해 형태를 조금 바꿔보자. 먼저 처음 열 개의 항을 순서대로 써볼게. 그리고 그 아래에는 이렇게 그 항들을 거꾸로……"

2	4	6	8	10	12	14	16	18	20
20	18	16	14	12	10	8	6	4	2

"뭐하러 수들을 두 번씩이나 적어요?"

"이제 두 개의 열을 위아래로 더해보자. 그럼 총 열 번의 22가 나오지(22라는 수는 2+20, 즉 첫 항과 마지막 항을 더한 값과도 같아). 우리가 두 줄의 열 개 항을 위아래로 더한 상황이니까, 열 개의 22를 더한 값은 한 줄의 열 개 항들을 모두 더한 값의 두 배가 되는 셈이겠지? 그러니까 우리가 구하려는 수열의 합은 $22 \times 10 \div 2$, 즉 110이 되는 거란다."

	2	4	6	8	10	12	14	16	18	20
+	20	18	16	14	12	10	8	6	4	2
	22	22	22	22	22	22	22	22	22	22

"이런 계산법은 모든 등차수열에서 가능하겠네요!"

"물론. 어떤 등차수열이건 첫 항을 a, 마지막 항을 l이라고 하고, 항의 개수는 n, 그 합을 S라고 한다면, $S=(a+l)\times n\div 2$라는 공식이 나오겠지. 1부터 100까지 나열된 등차수열의 합을 구하는 경우라면, 첫 항인 a는 1, 마지막 항인 l은 100, 그리고 항의 개수인 n도 100이 될 테니 수열의 총합은 $S=(1+100)\times 100\div 2=101\times 50$, 즉 5,050이 된단다. 앞서 구했던 값과 같지?"

앨리스와 찰리는 다시 숲길을 걷기 시작했다. 잠시 말이 없던 앨리스가 질문을 던졌다.

"체스판 위의 밀알들도 수열을 형성하나요?"

"응, 그건 등차수열이 아니라 '등비수열'이라고 해. 앞에 있는 수에서 매번 똑같은 비율로 늘어나는데 덧셈이 아닌 곱셈으로 얻어지는 수의 열인 거지. 1, 2, 4, 8, 16, 32, …는 '공비' 가 2인 등비수열이 돼. 각각의 수는 그 앞에 있는 수에다 2를 곱해서 얻어지는 거니까."

하지만 앨리스는 이미 찰리의 말을 한 귀로 듣고 한 귀로 흘리고 있었다. 어디선가 맛있는 냄새가 솔솔 풍겨오고 있었던 것이다.

앨리스가 소리쳤다.

"사과파이 냄새가 나요!"

다섯시 다과회

찰리가 말했다.

"그렇다면 미친 모자장수와 그의 친구들이 오후 다섯시 다과회를 즐기고 있다는 뜻인데? 뭐 그리 이상한 일도 아니지. 그들은 틈만 나면 차를 마시거든."

앨리스와 찰리는 계속해서 숫자의 숲을 대각선 방향으로 가로질렀다. 아닌 게 아니라 얼마 후 두 사람의 눈에 모자장수와 3월 토끼가 나무 밑에 놓인 식탁에 앉아 차를 마시는 모습이 보였다. 둘 사이에 겨울잠쥐 한 마리가 잠들어 있었다.

제법 널찍한 식탁이었는데도 웬일인지 그들 셋은 모두 한 구석에 몰려 앉아 있었다. 앨리스가 다가오는 것을 보고 3월 토끼와 모자장수가 아우성쳤다.

"자리가 없어, 앉을 자리가 없다고!"

"이렇게 넉넉한데 뭘 그래요!"

앨리스가 벌컥 쏘아붙이며 식탁 상석에 놓인 커다란 팔걸이의자에 털썩 앉았다. 뒤따라온 찰리도 알 수 없는 미소를 지으며 앨리스 옆에 앉았다.

3월 토끼가 앨리스에게 물었다.

"사과파이 반쪽이 있고, 네 조각 낸 사과파이 중 두 조각이 있어. 둘 중에 뭐가 더 좋으니?"

앨리스가 버럭했다.

"장난해요? 파이 반쪽이나 네 조각 중 두 조각이나 그게 그거잖아요!"

미친 모자장수가 앨리스에게 축하의 말을 건넸다.

"제법인데? 지금 막 너는 똑같은 값을 가진 분수들을 알아낸 거야."

3월 토끼가 덧붙였다.

"암, 그렇고말고. 1/2은 2/4와 같지."

미친 모자장수가 말했다.

"그런데 너는 꿀돼지 먹보니까 파이의 50퍼센트는 꿀꺽 먹어치우고 싶지 않을까?"

"이제 그만 좀 하라고요! 파이의 50퍼센트라는 말은 절반과 같은 말이잖아요!"

3월 토끼가 양쪽 귀로 박수를 치며 감탄했다.

"정말 똑똑한 아이로구나!"

"어째서 50퍼센트가 절반이랑 같지?"

잠에 취한 겨울잠쥐가 눈도 뜨지 않은 채 묻자 앨리스가 곧바로 대답했다.

"백 개 중에 오십 개 먹었다면 절반 먹은 거나 마찬가지잖아요."

그러자 미친 모자장수가 따져 물었다.

"아, 그래? 파이를 잘라야 하는 사람도 아니면서 어떻게 그걸 안다는 거지? 너는 파이를 반으로 나눠서 하나를 주는 것과 백 조각으로 잘라서 오십 조각을 주는 것이 같다고 생각하니?"

앨리스가 대답했다.

"힘이 똑같이 들진 않겠지만 제가 받는 파이의 양은 똑같아요."

3월 토끼가 결론을 내렸다.

"그래서 1/2과 50/100은 똑같은 분수인 거야. 두번째 분수는 첫번째 분수처럼 간단하게 나타낼 수 있어."

미친 모자장수가 나이프를 마치 지휘봉처럼 휘누르며 목청을 높였다.

"나타낼 수 있는 정도가 아니라 그렇게 나타내야 해! 그러니 이 변덕쟁이 꼬마 녀석아, 내가 너한테 파이 오십 조각을 주기 위해 파이를 백 조각 낼 거라는 기대는 아예 하지도 마라."

"나는 변덕쟁이도 아니고 그런 걸 기대하지도 않았어요!"

앨리스가 따지기 시작하자 3월 토끼가 끼어들었다.

"아마 상냥한 꿀돼지 먹보인 이 꼬마는 0.5개의 파이가 먹고 싶은가봐."

미친 모자장수가 토끼의 말을 바꿔 말했다.

"상냥은 무슨, 그냥 꿀돼지 먹보지."

앨리스가 벌컥 화를 내며 소리쳤다.

"그만 좀 하라고요! 0.5나 절반이나 같은 말이잖아요!"

아직 잠이 덜 깬 겨울잠쥐가 물었다.

"왜지?"

"그야……"

앨리스가 대답을 하려는데, 막상 말을 하려고 보니 어떻게 설명해야 할지 정확히 알 수 없었다. 그러자 옆에 있던 찰리가 설명을 시작했다.

"왜냐하면 우리가 쓰는 자릿수 체계는 숫자가 어느 자리에 놓이느냐에 따라 1단위, 10단위, 100단위 등 10의 배수로 이어지는 모든 단위의 수를 표시할 수 있을 뿐 아니라 10분의 1, 100분의 1, 1000분의 1 단위로 이어지는 수도 표시할 수 있기 때문이지."

"이 사람 누구야?"

3월 토끼가 그제야 찰리가 그 자리에 함께 있었다는 사실을 알아낸 양 물었다.

앨리스가 대답했다.

"유명한 작가이자 수학자예요. 그러고 보니 여러분의 이야기를 쓴 작가네요. 바로 루이스 캐럴 씨예요."

그러자 미친 모자장수와 3월 토끼가 벌벌 떨기 시작했다. 3월 토끼가 눈물바람으로 애걸복걸했다.

"작가님, 자비를 베풀어주세요. 저희를 없애지 마세요!"

찰리가 그들을 진정시켰다.

"걱정하지 마라. 너희는 내가 아주 좋아하는 등장인물이기 때문에 나는 너희가 이야기 속에 계속 살아 있기를 이 세상 누구보다 간절히 바란단다. 설령 내가 너희를 없애버리고 싶더라도 결코 그렇게는 할 수 없지. 이미 너희는 수천만 독자들의 마음속에 살아 숨쉬는 존재들이니까 말이야. 지금 이 순간에도 누군가는 너희의 이야기를 읽고 있는 중일 거야."

"아, 그래요? 그렇다면 작가님한테 대들고 버릇없이 굴어도 되나요?"

3월 토끼가 분위기 파악을 못하자 미친 모자장수가 식탁 밑으로 토끼를 한 대 쿡 치며 찰리에게 간청했다.

"작가님, 저희에게 자릿수 체계에 대해 설명해주세요."

찰리가 설명을 시작했다.

"아주 간단해. 원래 멋진 것들은 다 간단하거든. 예를 들어 347이라는 수를 쓴다 치자. 347이라는 수는 1단위짜리 일곱 개와 10단위짜리 네 개, 그리고 100단위짜리 세 개가 있다는 의미를 나타내고 있어."

우유부단하지도 게으르지도 않은 미친 모자장수가 호주머니에서 화살촉 하나를 꺼냈다. 그 화살촉을 꿀단지에 담갔다 꺼낸 다음 하얀 식탁보 위에 숫자 세 개를 커다랗게 썼다. 그러고는 몽당연필로 숫자 밑에 각각 '100단위' '10단위' '1단위'라고 적었다.

3	4	7
100단위	10단위	1단위

"식탁보가 못 쓰게 되었어요."

앨리스의 말에 모자장수가 대답했다.

"다 학문을 위한 거야. 식탁보야 빨면 되잖아."

찰리가 얘기를 이어나갔다.

"우리가 사용하는 훌륭한 십진법 체계에서는 점을 찍어 더 큰 수를 표시할 수 있어. 물론 10분의 1, 100분의 1, 1000분의 1 단위로도 표시할 수 있고. 347.125라는 수를 쓴다면……"

미친 모자장수가 다시 화살촉에 꿀을 묻히고 몽당연필을 꺼낸 다음, 앞서 했던 대로 자기 할일을 했다.

3	4	7	.	1	2	5
100단위	10단위	1단위		10분의 1	100분의 1	1000분의 1

앨리스가 말했다.

"알겠어요…… 점을 기준으로 오른쪽 첫번째 수가 10분의 1 자리니까 0.5는 10분의 5, 즉 반을 의미하는 거네요."

찰리가 대답했다.

"맞아. 그리고 1단위가 열 개면 10단위 하나가 되고, 10단위 열 개는 100단위 하나가 되는 것처럼, 10분의 1 단위가 열 개면 1단위 하나가 되고, 100분의 1 단위가 열 개면 10분의 1 단위 하나, 1000분의 1 단위가 열 개면 100분의 1 단위 하나가 되는 거야. 만일 이 숫자가 킬로그램을 나타낸 거라면……"

"엄청 뚱뚱한 사람이겠네요."

3월 토끼가 끼어들자 미친 모자장수가 거들었다.

"아주 날씬한 하마일 수도 있지."

찰리가 결론을 내렸다.

"뚱뚱한 사람이건 날씬한 하마건 몸무게가 347킬로그램하고도 125그램이 더 나간다는 얘기인 거야. 1그램은 너희 모두

가 이미 아는 것처럼 1킬로그램의 1000분의 1이고."

3월 토끼가 앨리스에게 물었다.

"파이 더 먹지 않을래?"

"아직 하나도 먹지 않았으니 '더' 먹을 수는 없어요."

미친 모자장수가 말했다.

"아무것도 먹지 않았다면 '덜' 먹는 것도 당연히 할 수 없겠지. 그럼 너는 파이를 반 킬로그램 먹을래, 아니면 500그램 먹을래?"

3월 토끼가 거들었다.

"너는 사과파이에 곁들여 차를 마시겠지? 그럼 차를 4분의 1리터 마실래, 아니면 250세제곱센티미터 마실래?"

앨리스가 화를 버럭 내며 소리쳤다.

"또 시작이에요? 반 킬로그램이 500그램이고, 4분의 1리터가 250세제곱센티미터라는 건 아는 사람은 다 안다고요!"

"왜지?"

겨울잠쥐가 한쪽 눈만 겨우 뜨며 묻더니 곧 다시 눈을 감았다.

앨리스가 답답함에 조바심치며 대답했다.

"다 안다니까요! 그리고 지금까지 그 얘기를 했잖아요. 1킬로그램은 1000그램이니까 반 킬로그램은 500그램과 같은 거예요. 4분의 1리터가 250세제곱센티미터라는 것도 사람들은 다 안다고요!"

"왜지?"

졸고 있던 겨울잠쥐가 다시 묻자 앨리스가 말했다.

"찰리가 설명해줄 거예요."

사실 앨리스도 그것이 그렇게 되는 이유에 대해 명확하게 알지는 못했다.

찰리는 언제나처럼 알 수 없는 미소를 지으며 윗옷 호주머니에서 주사위를 꺼내 식탁 위에 턱 올려놨다.

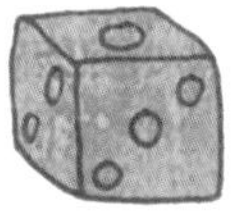

찰리가 말했다.

"이 주사위는 각 변이 모두 1센티미터인 정육면체야. 주사위의 부피는 1세제곱센티미터가 되지."

"왜죠?"

버릇처럼 겨울잠쥐가 묻자 찰리가 대답했다.

"정의가 그래. 한 변의 길이가 1센티미터인 정육면체의 부피를 '1세제곱센티미터'라고 부른단다. 1리터는 1세제곱데시미터, 즉 한 변의 길이가 1데시미터인 정육면체의 부피와 같고, 1세제곱데시미터는 1000세제곱센티미터니까, 4분의 1리터는 250세제곱센티미터가 되는 거야."

그때 앨리스가 물었다.

"1세제곱데시미터는 왜 1000세제곱센티미터예요? 1데시미터는 10센티미터 아니에요?"

찰리가 호주머니에서 작은 공책과 연필을 꺼내 그림을 하나 그리고는 설명했다.

"여기 한 변이 3센티미터인 정육면체가 있어. 그럼 한 변이 1센티미터인 정육면체가 몇 개 들어 있는 셈이지?"

앨리스는 그림을 주의깊게 살펴본 후 대답했다.

"한 층당 아홉 개씩 총 삼층이니까 전부 스물일곱 개가 들어 있어요."

"맞다. 3×3×3=27. 마찬가지로 정육면체의 한 변이 1데시미터, 즉 10센티미터라면 한 변이 1센티미터인 정육면체가 한 층에 백 개 있는 것이고, 총 십층으로 되어 있으니 10×10×10=1,000이 되어 1,000개의 정육면체가 있는 셈이란다. 그래서 1세제곱데시미터는 1000세제곱센티미터와 같은 거야."

3월 토끼가 말했다.

"그런데 저는 한 변이 10센티미터인 조그만 정육면체 안에 물 1리터가 몽땅 다 들어간다는 게 믿기지 않네요."

미친 모자장수가 제안했다.

"그럼 다 함께 그걸 확인해볼까요?"

그러더니 식탁 밑에서 꽤 두껍고 튼튼해 보이는 펠트 조각 하나와 커다란 가위, 자, 실, 바늘, 그 외 모자장수 직업에 딱 맞는 물품들을 모조리 꺼냈다. 그런 다음 눈 깜짝할 사이에 위쪽이 터져 있고 한 변이 10센티미터인 정육면체를 만들었다. 뚜껑이 없는 상자 같았다. 미친 모자장수가 슬그머니 웃으며 말했다.

"머리가 네모난 사람에게 씌우면 딱이겠어."

3월 토끼가 식탁 위에 있던 1리터짜리 물병을 집어들고 병뚜껑을 열더니 펠트로 된 네모 상자에 물을 쏟아부었다.

앨리스가 말했다.

"물이 다 샐 텐데요."

미친 모자장수가 전문가의 긍지를 담아 외쳤다.

"방수 처리된 펠트야! 내가 만든 모자는 절대 물이 스며들지 않아."

물은 단 한 방울도 넘치지 않고 네모난 펠트 용기에 딱 맞게 채워졌다.

3월 토끼가 탄성을 질렀다.

"정확하게 1리터가 들어가다니, 대단한 우연이야!"

찰리가 감탄에 젖은 3월 토끼를 미소 띤 얼굴로 바라보며 말했다.

"그런데 그 '우연'은 아직 다 끝난 게 아니야. 만약 이 물 1리터 또는 1세제곱데시미터의 무게를 잴 수 있다면……"

"잴 수 있어요!"

미친 모자장수가 자신 있게 외치고는 식탁 밑에서 놋쇠접시가 양쪽에 하나씩 달려 있는 커다란 양팔저울을 꺼냈다.

3월 토끼가 펠트 용기에 채워져 있던 물을 양팔저울의 한쪽 접시에 부었는데, 다행히도 그 물이 다 들어갈 만큼 널찍한 접시였다. 모자장수가 다른 쪽 접시에 1킬로그램짜리 추를 올렸다. 저울이 완전히 평형을 이루었다.

3월 토끼가 소리쳤다.

"놀랍네요! 1리터는 정확히 1킬로그램이군요!"

"왜죠?"

드렁드렁 코를 골던 겨울잠쥐가 묻자 찰리가 설명했다.

"놀라울 게 전혀 없어. 길이, 용량, 무게의 단위는 원래 서로 연관되게끔 정한 거거든. 먼저 미터가 정해졌지. 1미터는 적도에서 북극까지의 거리인 사분 자오선 길이의 1천만 분의 1이란다. 사분 자오선은 북극과 남극을 연결한 큰 원인 자오선을 4분의 1로 나눈 것인데, 자오선은 약 4천만 미터, 즉 4만 킬로미터야. 이렇게 해서 미터라는 단위가 정해지자, 한 변이 10센티미터인 정육면체의 부피를 1리터라 부르기로 약속했고, 물 1리터의 무게가 1킬로그램으로 정해진 거야."

앨리스가 물었다.

"그래서 길이나 부피 단위를 재는 도량형을 '미터법'이라고 부르는 건가요?"

"그래, 모든 게 미터에 바탕을 두고 있으니까."

"만약 리터였다면 '리터법'이라고 불렀겠군요?"

모자장수가 말하자 3월 토끼가 덧붙였다.

"그램에 바탕을 두었더라면 '그램법'이라고 불렀을 테고."

"정확한 명칭은 '십진 미터법'이야. 각각의 단위가 열 개씩 한 묶음 단위로 정해지기 때문이지. 10밀리미터는 1센티미터, 10센티미터는 1데시미터, 10데시미터는 1미터…… 하는 식으로."

순간, 카드 하나가 그들 앞에 나타났다. 카드는 아무 말 없이 미친 모자장수에게 봉투 하나를 건넸다. 모자장수는 손을 부들부들 떨며 봉투를 열었다.

"최악의 소식일까 두렵군."

전언을 다 읽은 모자장수가 고함을 질렀다.

"최악 중에서도 최악이야!"

3월 토끼가 모자장수의 어깨 너머로 전언을 읽으며 말했다.

"하트의 여왕이 모자장수더러 법정에 증인으로 출석하라네요."

앨리스가 모자장수를 진정시켰다.

"별일 아니에요. 증인들은 위험할 일이 전혀 없으니까요."

하지만 미친 모자장수는 고래고래 소리를 질러댔다.

"아마 나를 위증죄로 몰아붙여서는 목을 베고 말 거야! 머리 없는 모자장수라니, 이제는 모든 게 끝장이야!"

"아저씨가 거짓말하지 않으면 위증죄로 몰아붙이지 못할 거예요."

"거짓말을 할지 안 할지 내가 어떻게 알 수 있겠어?"

앨리스가 모자장수에게 대꾸를 하려던 찰나, 봉투를 전달한 카드가 미친 모자장수의 팔을 움켜잡고 질질 끌다시피 데려갔다. 3월 토끼는 적당한 거리를 유지하며 그들 뒤를 깡충깡충 따라갔다.

겨울잠쥐가 화들짝 깨어나며 물었다.

"왜지?"

겨울잠쥐는 당황한 표정으로 주변을 두리번거리다 어디론가 뛰어가버렸다.

수수께끼 미소

이번 장의 제목은 찰리의 얼굴에 번지곤 하던 알 수 없는 옅은 미소를 말하는 것이 아니다. 식탁 위 2미터 높이에 둥둥 떠서 나타난, 찰리의 미소보다 훨씬 더 수수께끼 같은 미소를 말하는 것이다.

앨리스가 소리쳤다.

"와! 미소 없는 얼굴은 많이 봤지만, 얼굴 없는 미소는 처음 봐요."

수수께끼 미소는 아닌 게 아니라 미소 짓는 입만 허공에 둥둥 떠 있었다. 뒷면에도 둘레에도 아무것도 없이 뾰족한 이빨만 번득이는 입이었다.

둥둥 떠다니는 입이 말했다.

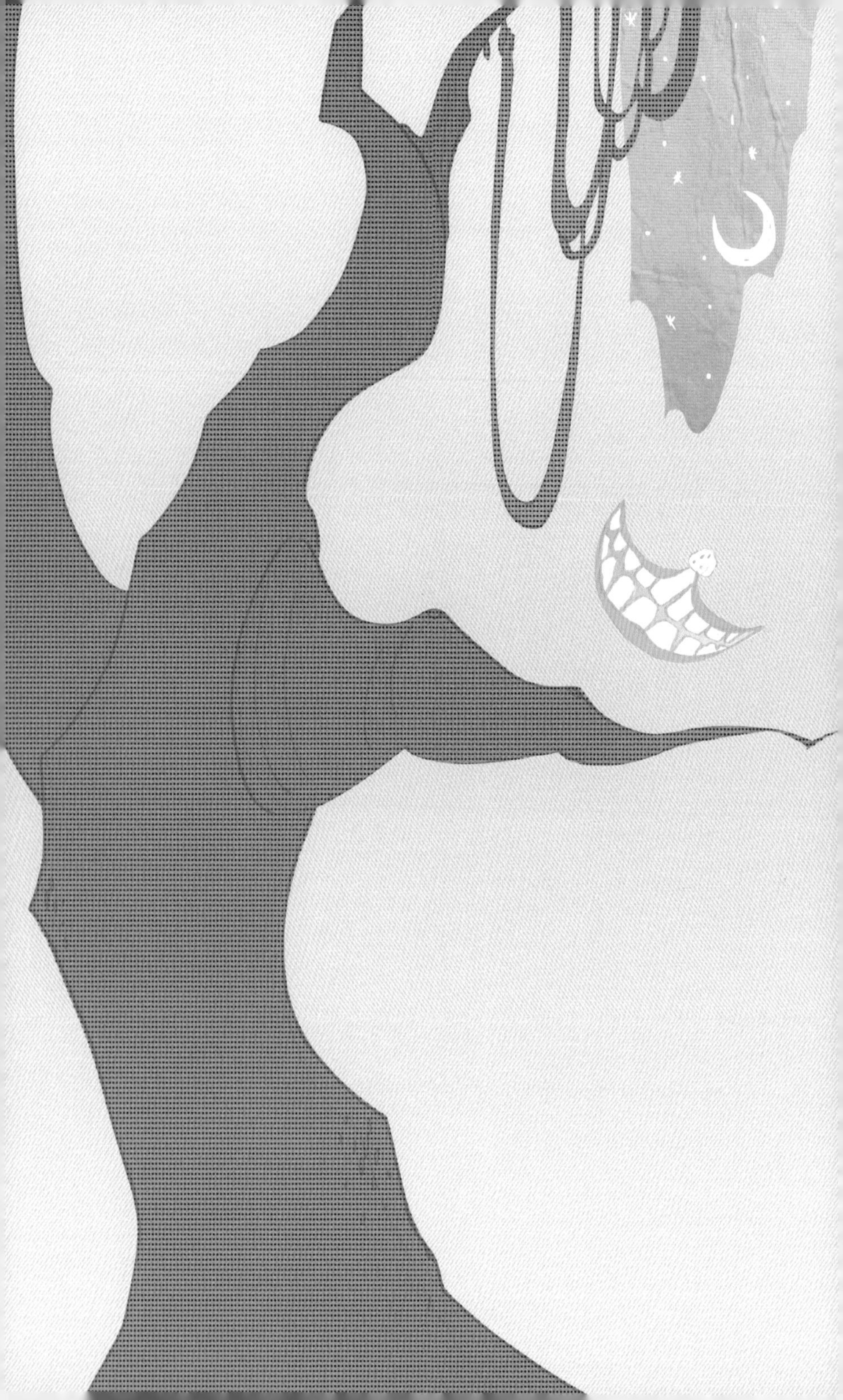

"얼굴 없는 미소를 보는 건 그리 이상한 일이 아니야. 기쁨에 찬 흑인들이 가득한 깜깜한 동굴에 있어본 적 없니? 거기서는 오로지 미소만 보인단다."

"누구세요?"

불가사의한 입이 말까지 하다니, 앨리스는 두 배로 놀랐다.

"나는 미지수라고 해. 비록 네 눈에는 내가 보이지 않겠지만, 이미 나에 대한 정보를 가지고 있으니 너는 나를 없애버릴 수 있어."

"당신을 없앤다고요?"

찰리가 앨리스를 보며 설명했다.

"미지수를 없애버리는 거지. 우선 미지수에 대해 우리가 가진 정보들을 잘 살펴봐야 해."

"저는 아무 정보도 없는걸요!"

앨리스의 말에 미소 짓는 입이 비아냥대며 말했다.

"그건 네가 나를 주의깊게 보지 않았으니까 그렇지."

"보이지도 않는 걸 어떻게 주의깊게 보겠어요!"

"이걸 보렴. 아니, 꼭 봐야 해. 내가 앉아 있는 이 나뭇가지는 내 무게 때문에 살짝 아래로 기울어져 있어. 그리고 나의 날카로운 이빨도 보일 테고, 나의 달콤한 목소리와 기분좋게 그르렁대는 소리도 들릴……"

"당신은 고양이로군요!"

체셔 고양이가 몸을 다 드러내 보이며 말했다.

"내가 너한테 단서들을 많이 줬지? 네가 다른 미지수도 제거할 수 있는 아이인지 한번 보자. 벽돌이한장있는데그무게가1킬로그램하고도벽돌반쪽의무게를합한것이라면벽돌의총무게는얼마가되지?"

말이 어찌나 빠른지 앨리스의 귀에는 마치 길게 이어진 한 단어처럼 들렸다.

앨리스가 투덜거렸다.

"누가누가 빨리 말하나 같아요."

"누가누가 빨리 머리 굴리나, 겠지."

"천천히 다시 한번 말해주세요. 하나도 못 알아들었어요."

"머리가 너무 천천히 돌아가는걸? 잘 들어. 마지막이니까. 벽돌이 한 장 있는데 그 무게가 1킬로그램하고도 벽돌 반쪽의 무게를 합한 것이라면 벽돌의 총 무게는 얼마가 되지?"

"1킬로그램 절반이라고요?"

"이래서 내가 잘 들으라고 했던 거야. '1킬로그램'이라는 단어와 바로 뒤에 오는 '벽돌 반쪽'이라는 단어를 잘 생각해봐. 그런 다음 문제를 풀어! 나는 여자애 없는 두뇌는 많이 봤어도 두뇌 없는 여자애는 처음 본다."

"나는 바보가 아니에요! 머릿속으로 문제를 풀 수 없는 것뿐이라고요!"

그러자 체셔 고양이가 말했다.

"그럼 머리 밖으로 풀어보렴. 여기 저울이 있고 무게가 1킬로그램인 추가 있어. 뭐 더 필요해?"

"1킬로그램하고도 벽돌 반쪽의 무게가 나가는 벽돌이 없는데요."

"식탁 밑을 봐. 거기엔 없는 것 없이 다 있어."

정말로 식탁 밑에는 여러 장의 벽돌이 쌓여 있었다. 반쪽짜리 벽돌도 여러 장이었다. 앨리스는 양팔저울의 한쪽 접시에 차 있던 물을 쏟아내고 거기에 벽돌을 하나 올렸다. 다른 쪽 접시에는 1킬로그램짜리 추와 반쪽짜리 벽돌을 올렸다. 저울이 평형을 이루었다.

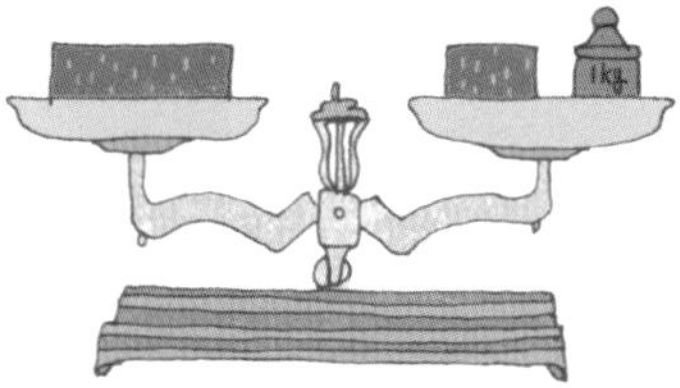

"자, 여기 네 코앞에 있는 저울을 잘 봐. 벽돌 한 장의 무게는 1킬로그램짜리 추와 벽돌 반쪽의 무게를 합한 것과 같아. 계산기가 필요하니?"

"헷갈리게 하지 마세요…… 만약 추 대신 반쪽짜리 벽돌을 올려놓아도 저울은 평형을 이룰 거예요. 왜냐하면 벽돌 한 개는 벽돌 반쪽이 두 개 있는 것과 같으니까요. 그러니까 벽돌 반쪽은 추와 같은 무게고……"

"같은 말만 되풀이하고 있군."

"반쪽짜리 벽돌이 1킬로그램이니까 벽돌 한 개의 무게는 2킬로그램이 될 거예요."

앨리스가 결론을 내리자 체셔 고양이가 앞발로 박수를 쳤다.

"브라보!"

"이런 문제를 풀려면 저울이 필요한데 학교에는 저울을 가져갈 수 없어요."

앨리스가 아쉬워하자 찰리가 끼어들었다.

"아니, 가져갈 수 있어."

"불가능해요. 제 책가방은 벌써 꽉 차 있다고요."

"진짜 저울은 필요 없어. 그린 저울로도 똑같이 무게를 잴 수 있거든. 아주 잘 그릴 필요도 없단다. 이 정도면 충분해."

찰리가 공책에 저울을 쓱쓱 그려나갔다.

"정말 좋은 생각이에요!"

"이것보다 더 단순하게 그릴 수도 있어. 벽돌의 무게를 X라고 한다면 벽돌 반쪽은 $X/2$가 될 테니 이렇게 쓸 수 있을 거야.

$$x = 1 + \frac{x}{2}$$

기호 =는 저울이 평형을 이루었다는 것을 의미해. 다시 말해 왼쪽과 오른쪽의 무게가 똑같다는 얘기지. 우리가 양편에서 벽돌을 반쪽씩 들어낸다고 해도 저울은 계속해서 평형을 유지할 거야. 왼쪽 접시에는 벽돌 반쪽이, 오른쪽 접시에는 1킬로그램의 추가 남겠지. 저울 그림은 이렇게 될 테고.

$$\frac{x}{2} = 1$$

이건 벽돌 반쪽의 무게가 1킬로그램이라는 말이 돼. 그러니까 벽돌 한 장은 2킬로그램이 되겠지."

"그런데 이건 방정식이잖아요!"

찰리의 설명을 듣던 앨리스가 마치 바퀴벌레라도 본 것처럼 소스라치며 외쳤다.

그러자 체셔 고양이는 재미있어 죽겠다는 듯 깔깔대며 한편으로 사라졌다.

매직 스퀘어

앨리스와 찰리는 숫자나무들이 이루는 커다란 네모의 대각선을 따라 숲 안쪽으로 계속해서 걸어들어갔다.

651나무(몸통에서 세 개의 가지가 뻗어 있고, 각각의 가지는 다시 일곱 개의 작은 가지로 나눠져, 그 작은 가지들에서 다시 서른한 개의 작은 가지가 솟아 있었다)를 지나는데 그 아래, 등딱지에 이상한 그림이 그려진 큼지막한 거북이 한 마리가 보였다. 누군가 다가오는 기척이 나자 거북이는 재빨리 등딱지를 벗어버렸다. 보통 거북이 같지 않게 아주 민첩했다.

"방금 그거 뭐였어요?"

앨리스의 물음에 찰리가 대답했다.

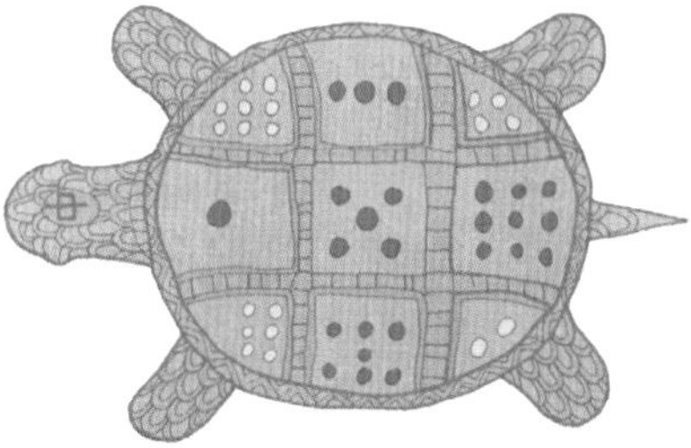

"신성한 거북이라고, 고대 중국 하나라의 우왕이 황하의 물길에서 기어나오던 저 거북이를 처음 발견했지. 3,000년 이상 된 『구장산술』이라는 고대 중국 수학책에 그렇게 쓰여 있어. 거북이 등딱지에는 1에서 9까지의 수가 하얀색과 검은색 점으로 찍혀 있는데, 이게 매직 스퀘어, 그러니까 '마방진'을 이룬단다."

"마방진은 또 뭐예요?"

찰리는 대답 대신 공책에 아홉 칸짜리 사각형을 하나 그렸다.

"마방진은 1에서 9까지의 수를 이 사각형 칸에 하나씩 배치해 각각의 가로줄, 세로줄, 대각선 줄의 합이 모두 같은 값이 되게 하는 것을 말해."

찰리의 설명을 듣고 앨리스가 말했다.

"아까 보니까 거북이 등딱지 한가운데 X자 모양으로 점 다섯 개가 찍혀 있었어요."

"훨씬 빨라지겠는데? 가운데 칸에 숫자 5를 넣어보자."

	5	

"그다음은요?"

"한번 생각해보자. 각각의 가로줄, 세로줄, 대각선 줄에 놓인 수들을 더한 값은 몇이 되어야 할까?"

"다 같아야죠."

"그래, 그런데 몇이 되어야 하지?"

"……"

"그럼 1에서 9까지의 수를 전부 더하면 몇이 되지?"

“가우스 계산법으로 해볼래요. $(9+1) \times 9 \div 2$, 계산하면 45가 나와요.”

“그렇다면 각 줄의 수들을 더하면 몇이 될까?”

앨리스가 소리쳤다.

“아, 알겠어요! 사각형 안에 가로든 세로든 총 세 줄씩 있는데 이 세 줄의 합이 총 45가 되어야 하고, 그 줄들의 값이 모두 동일해야 하니까, 각 줄에 있는 수들의 합은 15가 될 거예요.”

“맞다. 그럼 이제 뭘 어떻게 하면 좋을까?”

“그런데 어디서부터 어떻게 시작해야 할지 잘 모르겠어요.”

“그럴 때는 그냥 처음부터 시작하는 게 가장 나은 법이지. 이 경우에는 1에서부터 시작하면 돼. 1을 어디에 놓으면 될까?”

“자리가 두 종류 있네요. 사각형의 구석 자리나 각 변의 가운데 자리.”

“잘했어. 네 개의 구석 자리의 가치가 서로 동일하다는 것을 깨달았구나. 양옆으로 한 자리씩 끼고 있는 가운데 자리도 마찬가지지. 한쪽 구석 자리에 1을 넣으면 어떻게 될지 한번 보자.”

1		
	5	

"뭐가 어떻게 되어가는 건지 하나도 모르겠어요."

앨리스의 말에 찰리는 사각형 안에 숫자 하나와 문자 네 개를 더 써넣었다.

1	A	B
C	5	
D		9

"지금은 어때?"

"대각선으로 놓인 숫자 세 개의 합이 15가 되려면 9는 꼭 그 자리에 넣어야겠네요. 그건 알겠어요, 그런데 문자들은……"

"A와 B를 합하면 얼마가 될까?"

“1과 합해서 15가 되려면 그 둘의 합은 14가 되어야 하겠네요.”

“그럼 C와 D는?”

“마찬가지로 14가 되어야 해요.”

“합이 14가 되려면 1에서 9까지 수 가운데 어떤 수 두 개를 넣어야 할까?”

앨리스가 잠시 말을 멈추고 손가락으로 몰래 셈을 해보고는 대답했다.

“5와 9, 그리고 8과 6이에요.”

“그렇지. 그런데 5와 9는 이미 써버렸기 때문에 우리가 사용할 수 있는 수는 8과 6뿐이야. 그러니까 A+B=14가 되면서 C+D=14가 되도록 할 방법은 없는 거지. 14를 만들 수 있는 수는 8과 6, 오직 한 쌍뿐이니까. 그렇다면 결론은 뭐지?”

“1을 구석 자리에 놓을 수 없다는 건가요?”

“바로 그거야! 우린 지금 1이 구석 자리에 오는 것이 논리적으로 맞지 않다는 사실을 아주 오래된 증명법인 ‘귀류법’을 통해 밝혀낸 거야.”

“들어본 적은 있는데, 그게 어떤 건지는 정확히 모르겠어요.”

“귀류법은 간단히 말하면, 뭔가가 잘못되었다는 것을 보여주는 방법이야. 우선은 그 뭔가가 맞는 것이라고 가정하고, 그

가정이 논리적으로 모순되거나 불가능하다는 사실을 차근차근 증명해나가는 거지. 지금 상황에 적용해볼까? 우린 처음에 1이 구석 자리에 들어간다고 가정했어. 하지만 그 가정에 모순이 생겨 더이상 나아갈 수 없게 되었지. 그러니까……"

"1은 반드시 양옆에 다른 수를 하나씩 낀 가운데 자리에만 위치해야겠네요."

1	5	

"맞아. 이제 사각형의 나머지 빈칸을 채우는 일이 쉬워졌어. 5의 오른쪽에는……"

"9를 넣어요, 두번째 줄의 수를 모두 합쳐서 15가 되어야 하니까. 그리고 1의 위아래로 8과 6을 넣으면 돼요. 첫 세로줄도 15가 되어야 하잖아요. 다른 수도 다 이렇게 넣으면 되겠네요."

8	3	4
1	5	9
6	7	2

"이야, 드디어 우리 앨리스의 마방진이 완성되었네!"

찰리가 미소를 지으며 말했다. 이번에는 알 듯 모를 듯한 수수께끼 미소가 아니라 처음으로 보여주는 함박웃음이었다.

"멋져요! 다른 마방진은 더 없나요?"

"3차 마방진은 기본적으로 이거 하나뿐이야."

"3차 마방진이라고요?"

"사각형 안에 가로 세로가 세 칸씩 있어서 3차 마방진이라고 부르는 거야."

앨리스는 마방진을 자세히 들여다봤다.

"하나 더 있어요. 왼쪽에 있는 세로줄을 오른쪽으로 옮기고 오른쪽에 있는 세로줄을 왼쪽으로 옮기면 그것도 3차 마방진이 되잖아요."

4	3	8
9	5	1
2	7	6

"그렇지. 하지만 이 마방진은 앞서 만들었던 것을 거울에 비친 모습과 같아. 다르게 구성해도 모두 마찬가지야. 회전하거나 대칭시켰을 뿐, 기본적으로는 동일한 마방진인 거야."

"그럼 4차 마방진은요?"

"4차 마방진은 훨씬 더 다양해. 1에서 16까지의 수로 서로 다른 880개의 마방진을 만들어낼 수 있어."

"어떻게요?"

"이제 곧 알게 될 거야."

잠시 후 숫자의 숲을 줄곧 대각선으로 걷고 있던 앨리스와 찰리는 2,451나무(몸통에서 세 개의 가지가 뻗어 있고, 각각의 가지는 다시 열아홉 개의 작은 가지로 나눠져, 그 작은 가지들에서 다시 마흔세 개의 작은 가지가 솟아 있었다)에 도착했다. 무성한 나무 그늘 아래, 열여섯 칸짜리 평평하고 네모난 바위가 보였다. 둘레의 열두 칸에는 숫자가 새겨져 있었지만, 가운데 네 개의 칸은 비어 있었다.

16	3	2	13
5			8
9			12
4	15	14	1

찰리가 말했다.

"이게 바로 4차 마방진이야. 독일의 화가였던 알브레히트 뒤러가 자신의 동판화 작품 〈멜랑콜리아〉에 새겨넣은 것인데, 덕분에 영원히 살아남을 수 있게 되었지. 맨 아랫줄 가운데 두 칸에 새겨진 숫자는 뒤러가 동판화를 제작한 1514년을 가리킨단다."

"그런데 칸이 다 채워져 있지 않네요."

"그래. 들어가려면 네가 빈칸을 다 채워야 해."

"들어가다니, 어디로요?"

"들어가는 순간 어디로 들어가는지 알 수 있을 거야."

"숫자들은 어떻게 새겨요?"

"답이 정확하기만 하면 손가락으로 쓴 모양 그대로 바위에 표시될 거야. 진실은 단단한 바위도 부드럽게 만들지."

"알았어요, 제가 한번 채워볼게요. 먼저 연습해보게 그 공책 좀 줘보세요…… 일단 없는 수가 뭐지? 6, 7, 10, 11이네. 그럼 이것들을 가운데 빈칸에 넣으면 되는 거지? 좋아. 첫 세로줄의 수를 합하면 16+5+9+4=34. 그럼 가로줄, 세로줄, 대각선 줄의 합도 34가 되어야 하니까…… 두번째 세로줄에는 3과 15가 있는데 합하면 18이고, 34가 되려면 16이 모자라. 남아 있는 네 개의 수 가운데 더해서 16이 되는 수는 6과 10뿐이다! 그럼 6과 10을 두번째 세로줄에 넣어야 하는데, 어떤 순서로 해야 하지? 먼저 이런 식으로 넣는다고 가정해보면……"

16	3	2	13
5	6		8
9	10		12
4	15	14	1

"다 풀었니?"

찰리가 아이의 어깨 너머로 보며 묻자 몇 초도 안 되어 앨리스가 "아니요" 하고 대답했다.

"이렇게는 안 돼. 두번째 가로줄의 수 세 개를 더하면 19가 되고 34가 되려면 15를 넣어야 하는데, 15는 이미 다른 칸에 있으니까. 그럼 10을 위로, 6을 아래로 옮기면…… 됐다! 11과 7은 이렇게……"

16	3	2	13
5	10	11	8
9	6	7	12
4	15	14	1

앨리스는 바닥에 무릎을 꿇고 앉아 바위 한가운데 비어 있는 네 개의 칸에 숫자를 하나씩 표시했다. 앨리스의 손끝이 닿자 바위가 부드러운 점토처럼 물러졌다. 마지막 수가 다 새겨진 순간 갑자기 바위가 위아래로 벌어지며 쓰윽 열렸고, 지하 깊숙이 이어진 가파르고 어두운 계단이 모습을 드러냈다.

"어디로 이어지는 거예요?"

앨리스가 고개를 돌리며 찰리에게 물었다. 하지만 찰리는 온데간데없이 사라져버리고 보이지 않았다.

수학 마법사

앞서 말했듯이 앨리스는 늘 두려움보다 호기심이 많은 아이였다. 이번에도 앨리스는 두 번 생각할 것 없이 끝도 보이지 않는 깜깜한 계단을 성큼성큼 내려가기 시작했다.

마침내 앨리스는 수평으로 나 있는 통로에 이르렀다. 통로도 계단과 마찬가지로 깜깜했는데, 저편 끝에서 호박색 불빛이 가느다랗게 새어나오고 있었다. 앨리스는 그 불빛을 향해 걷기 시작했다. 사실 선택의 여지가 없었다. 계단에 발을 디딘 순간, 바위 문이 뒤쪽에서 철커덕 닫혀버린 것이다. 통로를 따라 걸어 앨리스는 마침내 어느 널찍한 방에 도착했다. 다섯 개의 새하얀 다면체로 환히 밝혀진 방이었다. 사면체, 육면체, 팔면체, 십이면체, 이십면체, 묘하게 생긴 다섯 개의 단단한 덩어리가 공중에 둥둥 떠다니며 스스로 빛을 발하고 있었다.

방의 맨 안쪽에 흰 수염을 길게 늘어뜨린 한 노인이 커다란 바위 옥좌에 앉아 책을 읽고 있었다. 발끝까지 치렁대는 검은색 튜닉을 입고 머리에는 마법사 이야기에 나오는 끝이 뾰족한 고깔모자를 쓰고 있었는데, 모자에는 별 무늬 대신 숫자와 수학 기호가 잔뜩 그려져 있었다.

기이한 노인이 책에서 눈을 떼지 않은 채 말했다.

"이리 가까이 오너라."

앨리스가 다가가자 노인은 읽고 있던 책을 앨리스에게 보여줬다. 책장에는 숫자가 채워진 네모판이 그려져 있었다.

"이게 뭔가요?"

"수수께끼 숫자판이란다."

"할아버지는 마법사예요?"

"수학을 푸는 수학 마법사지. 1부터 15까지의 수 가운데 하나를 생각해보거라. 그리고 그 수가 이 판에 그려진 네 개의 세로줄 가운데 어느 줄에 있는지 말해봐."

몇 초 지나지 않아 앨리스가 대답했다.

"첫 세로줄과 마지막 세로줄에 있어요."

수학 마법사는 앨리스의 말을 듣자마자 자신 있게 말했다.

"네가 생각한 수는 9로구나."

1	2	4	8
5	10	6	11
11	7	14	10
9	15	12	13
3	6	7	9
7	11	15	12
15	3	13	15
13	14	5	14

"판에 적힌 숫자를 몽땅 외우니까 맞힌 거잖아요."

"수학에서는 기억력을 사용하지 않아도 돼. 지혜만 있으면 된단다. 내가 이 숫자판이 어떻게 작동하는지 설명해주면 너 역시 이 판을 마음껏 쓸 수 있고, 너만의 판도 만들 수 있을 거다."

"멋져요! 저, 비법 같은 거 진짜 좋아하거든요."

"수학의 마법이라고 부를 수 있는 이 비법은 2의 거듭제곱으로 이루어진 수열의 흥미로운 속성에 바탕을 둔 것인데……"

"2의 거듭제곱으로 이루어진 수열이 뭐예요?"

"이미 알고 있을 텐데? 체스판의 밀알 개수와 같은 거다. 1, 2, 4, 8, 16…… 칸마다 앞선 칸에 있는 수의 두 배가 되도록 밀알을 놓는 것은 매번 2를 곱하는 것과 같고, 그게 바로 2의 거듭제곱으로 이루어진 수열이란다."

수학 마법사는 신기하게도 앨리스가 체스판 위의 밀알 이야기를 알고 있다는 사실을 이미 알고 있었다. 앨리스가 어떻게 알았는지 물어보려는데, 순간 수학 마법사가 책장을 넘기더니 앨리스에게 등식으로 이루어진 숫자들의 대열을 보여줬다. 꼭 계단 같았다.

$2^0 = 1$

$2^1 = 2$

$2^2 = 2 \times 2 = 4$

$2^3 = 2 \times 2 \times 2 = 8$

$2^4 = 2 \times 2 \times 2 \times 2 = 16$

$2^5 = 2 \times 2 \times 2 \times 2 \times 2 = 32$

$2^6 = 2 \times 2 \times 2 \times 2 \times 2 \times 2 = 64$

$2^7 = 2 \times 2 \times 2 \times 2 \times 2 \times 2 \times 2 = 128$

$2^8 = 2 \times 2 \times 2 \times 2 \times 2 \times 2 \times 2 \times 2 = 256$

$2^9 = 2 \times 2 \times 2 \times 2 \times 2 \times 2 \times 2 \times 2 \times 2 = 512$

…

숫자의 대열을 본 앨리스는 궁금해졌다.

"왜 2^0이 1이 되는 거예요?"

"좋은 질문이구나. 2^5을 2^2으로 나누는 방법은 알고 있겠지? 입으로 연산을 해보자."

"네? 어떻게 입으로 연산을 해요?"

"큰 소리로 하면 되지."

수학 마법사는 좀 미친 사람 같았다. 큰 소리로 해봐야 무슨 소용이야? 종이나 칠판에 직접 적어가며 해야지 말로만 해서는 안 될 텐데. 그렇지만 앨리스는 그냥 한번 해보기로 했다.

"2의 다섯제곱은 2 곱하기 2 곱하기 2 곱하기 2 곱하기 2니까……"

순간 앨리스의 입에서 숫자와 기호가 연기처럼 피어오르더니 공중에 둥둥 뜨는 게 아닌가. 앨리스는 한순간 꿀 먹은 벙어리가 되었다.

$$2^5 = 2 \times 2 \times 2 \times 2 \times 2$$

큰 자줏빛 숫자들이 스스로 반짝였다.

수학 마법사가 앨리스에게 용기를 북돋워줬다.

"계속하거라."

"……32가 되고, 2의 제곱은 2 곱하기 2 해서 4니까, 32를 4로 나누면 답은 8."

그렇게 말하는 동안 앨리스의 입에서는 새로운 숫자와 기호가 연달아 피어올라, 먼저 떠 있던 숫자에 더해지고 있었다.

$$2^5 = 2 \times 2 \times 2 \times 2 \times 2 = 32$$
$$2^2 = 2 \times 2 = 4$$
$$32 \div 4 = 8$$

"잘했다. 하지만 너처럼 그 2들을 전부 곱할 필요 없이 바로 나누기를 해도 된단다."

마법사는 둥둥 떠 있는 숫자들을 두 손으로 휘젓더니 숫자를 다시 배열했다.

$$\frac{2^5}{2^2} = \frac{2\times2\times2\times2\times2}{2\times2}$$

"어떻게요?"

"오른쪽의 분수를 간단히 만드는 거지. 분자와 분모를 2로 두 번 나눠서, 달리 말하면 위쪽과 아래쪽의 2를 두 개씩 지워서 말이다. 그럼 $2\times2\times2$, 즉 2^3이 남게 되겠지."

수학 마법사는 재빨리 등식을 줄여나갔다.

$$\frac{2^5}{2^2} = 2\times2\times2=2^3$$

"이 방법이 훨씬 쉬워요!"

"이제 주의깊게 살펴보거라. 우린 방금 분자에 있던 다섯 개의 2에서 분모에 있던 두 개의 2만큼을 뺀 것이다. 다시 말해 2의 어깨에 있는 '지수'만 가지고 뺄셈을 한 셈이지. $5-2=3$이니 이렇게 나온 3이 지수가 되어 문제의 답은 2^3이 되는 거란다. 만약 2^9을 2^5으로 나눈다면……"

"$9-5=4$니까 2^4, 즉 16이 되겠네요."

"그렇지. 같은 수의 거듭제곱 수를 나눌 땐 간단하게 지수들만 빼면 되는 것이다. 그럼 이제 2^3을 2^3으로 나눠보거라."

"쉽죠 뭐. 어떤 수든 자기 자신으로 나누면 1이 되니까."

"아까처럼 지수를 빼서 연산해보거라."

"3 − 3 = 0…… 어, 0이네요!"

"그러니까 이렇게 쓸 수 있겠지. $2^3/2^3 = 2^0$. 하지만 네가 잘 지적했듯이 자기 자신으로 나누면 1이 되니, 결과적으로 2^0은 1이 되는 것이다. 다른 수들의 거듭제곱에도 당연히 적용될 테니 지수가 0인 거듭제곱 수는 전부 1이 되겠지."

"와, 정말 신기하네요."

"더 신기한 건 2의 거듭제곱 수열이란다. 모든 자연수는 2의 거듭제곱으로 나타내거나, 아니면 서로 다른 2의 거듭제곱 몇 개를 더하는 식으로 나타낼 수 있거든. 그리고 더 중요한 사실은 2의 거듭제곱으로 표현될 때는 단 한 가지 방식으로만 표현된다는 것이지."

수학 마법사는 책장을 넘겨 앨리스에게 목록 하나를 보여줬다.

$$1 = 2^0$$

$$2 = 2^1$$

$$3 = 2^0 + 2^1$$

$$4 = 2^2$$

$$5 = 2^0 + 2^2$$

$$6 = 2^1 + 2^2$$

$$7 = 2^0 + 2^1 + 2^2$$

$$8 = 2^3$$

$$9 = 2^0 + 2^3$$

$$10 = 2^1 + 2^3$$

…

목록을 본 앨리스가 물었다.

“그게 그렇게 특별한 건가요?”

“그럼. 어떤 수든 홀수를 더하는 식으로도 표현할 수 있는데 그때는 한 가지 방식만 있는 게 아니거든. 16은 9+7이지만, 1+3+5+7로도 표현할 수 있으니까. 어떤 홀수를 어떻게 더하느냐에 따라 하나의 수를 다양하게 나타낼 수 있는 거지. 그런데 1, 2, 4, 8, 16, … 이렇게 이어지는 수열에서는 수 항들을 어떤 식으로 무리 짓느냐에 따라 서로 다른 덧셈식 조합이 나오게 된단다.”

“이런 얘기는 왜 하는 거예요?”

“덕분에 이 흥미로운 수열의 속성에 대해 많은 얘기를 나눌 수 있었던 거다.”

앨리스가 애원했다.

“그만해주세요. 더 하면 수학 수업처럼 되고 말 거예요.”

"그래, 알았다. 그렇다면 내가 아까 보여줬던 숫자판처럼 너도 너만의 숫자판을 하나 만들 수 있게 그 부분에 대해서만 일러주마. 내가 연산 방법을 설명해주면 너도 곧 너만의 수학 마법쇼를 보여줄 수 있을 거다. 먼저 수열의 처음 네 개 수인 1, 2, 4, 8을 취해볼까? 물론 그 이상도 취할 수 있겠지만, 그럼 숫자판이 너무 커질 테니 지금은 이 네 개 항으로 숫자판을 만드는 것으로 하자. 덧셈을 해가면서 1부터 15까지 이런 형태로 배열을 해볼 텐데……"

수학 마법사가 수들을 연이어 부르자 입에서 나온 자줏빛 숫자들이 연기처럼 피어올라 공중에 가로 세로로 배열되었다.

1	2	4	8
3	3		
5		5	
	6	6	
7	7	7	
9			9
	10		10
11	11		11
		12	12
13		13	13
	14	14	14
15	15	15	15

"이게 다 뭐예요? 왜 이렇게 배열하신 거예요?"

"간단해. 3은 1+2니까 1의 열과 2의 열에 놓는 거다. 5는 1+4니까 1의 열과 4의 열에, 6은 2+4이니 2의 열과 4의 열에, 7은 1+2+4이니……"

"1, 2, 4의 열에 놓는 거죠. 그건 알겠는데, 이걸 왜 하느냐고요!"

"만약 네가 지금 어떤 숫자가 첫째, 넷째 열에 있다고 내게 말하면, 나는 그것이 9라는 것을 알기 위해 1과 8을 더하기만 하면 된다. 세번째 열에만 있다고 하면 그 수는 4겠지. 수가 첫째, 둘째, 넷째 열에 있다고 말한다면, 1+2+8, 즉 11이 될 테고. 모든 열에 다 들어 있다고 말한다면 1+2+4+8, 즉 15가 될 것이다."

"이제 알겠어요. 아까 제게 보여주셨던 숫자판과 같은 거네요. 각 열의 숫자들의 순서가 좀 바뀌었지만요."

"그래. 일단 숫자판이 만들어지기만 하면 다른 사람들이 알아채지 못하도록 네가 원하는 대로 각 열의 숫자들을 배치할 수 있다."

"괜찮네요! 저는 덧셈을 재빨리 하는 비법을 하나 알아요. 1부터 100까지의 수를 단번에 더할 수 있죠."

"그리고 1, 2, 4, 8, 16, … 이렇게 이어지는 수열의 총합도 구할 줄 알지."

"네, 맞아요. 체스판에 밀알 놓기 이야기를 들으면서 배웠어요. 아주 쉬워요. 마지막 항에 2를 곱하고 거기서 1을 빼면 되거든요. 예를 들면 1+2+4+8+16+32+64=64×2－1이 되는 거죠. 답은 127이고요."

수학 마법사가 흐뭇한 미소를 지으며 앨리스를 칭찬했다.

"아주 잘했다."

"덧셈을 빨리 하는 다른 비법을 아세요?"

"그럼, 당연하지."

노인은 숫자가 그려진 뾰족한 고깔모자를 벗고는 그 안에서 뭔가를 꺼냈다.

피보나치의 토끼들

"새끼 토끼네요!"

"암컷이란다."

수학 마법사가 조그맣고 하얀 토끼 한 마리를 바닥에 살포시 내려놓으면서 '암컷'이라고 강조했다.

"한 달이면 다 자랄 거다."

노인이 이렇게 말하고는 손뼉을 한 번 딱 쳤다. 순간 토끼가 원래 크기의 몇 배로 커졌다.

깜짝 놀란 앨리스가 물었다.

"마법의 힘으로 한 달이 훅 지나가버린 건가요?"

"우리의 시간이 지나간 건 아니니 걱정하지 마라. 오래 기다릴 필요가 없도록 토끼의 생명 시간을 가속했을 뿐이다. 토끼의 시간만 한 달이 지난 거지. 자, 이제 토끼가 다 자라 뱃속에 새끼를 가졌다. 그리고 다시 한 달이 지나면 한 마리를 더 가지게 될 거다."

"새끼 토끼를 보고 싶어요!"

"그래, 좋다."

수학 마법사가 손뼉을 다시 한번 딱 쳤다. 그러자 토끼가 고깔모자에서 튀어나왔을 때의 크기만한 작은 토끼 한 마리가 어미 토끼 옆에 나타났다.

"이 토끼도 한 달 안에 다 자라 뱃속에 새끼를 가지게 될까요?"

"그래, 게다가 어미 토끼도 새끼를 하나 더 가지게 될 거다. 다 자란 토끼들은 달마다 새끼를 하나씩 낳게 될 거란다."

수학 마법사가 다시 한번 손뼉을 쳤다. 조금 전에 태어난 새끼 토끼가 금세 자라나 어미 토끼가 되었고, 그 옆에 새끼 토끼 한 마리가 또 나타났다.

"와! 또 한 달이 지나면 새로 태어난 새끼 토끼가 자라서 어미 토끼가 될 거고, 다른 두 마리의 어미 토끼도 또다시 새끼 토끼를 한 마리씩 낳게 되겠네요."

"그렇고말고."

노인이 확신에 차 말했다. 그가 또다시 손뼉을 치자 앨리스가 예상하던 일이 눈앞에 펼쳐졌다. 토끼 세 마리가 바닥에서 새끼 토끼 두 마리와 함께 뛰어놀고 있었다. 노인이 다시 한번 손뼉을 치자 이번에는 어미 토끼 다섯 마리가 새끼 토끼 세 마리와 뛰어놀고 있었다. 노인이 한번 더 손뼉을 치자 어미는 여덟 마리, 새끼는 다섯 마리가 되었다.

"정말 굉장하네요!"

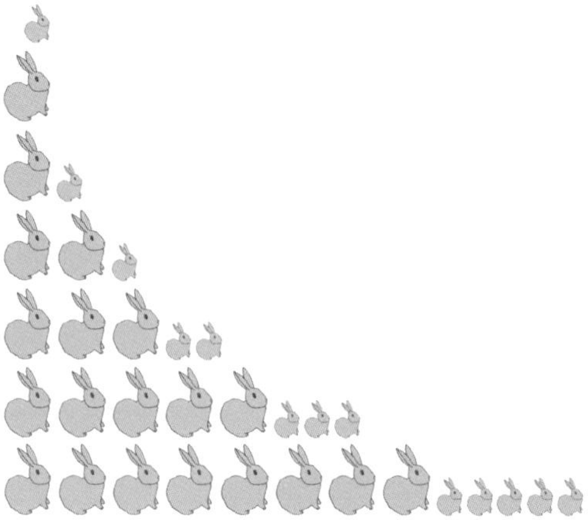

박수를 치며 환호하던 앨리스는 곧 흥분을 가라앉혔다.

"어휴, 제가 손뼉을 칠 때는 토끼들이 자라거나 늘어나지 않아서 천만다행이네요. 그랬다간 이 방이 토끼로 가득차고 말 거예요."

"그래, 이런 식으로 하면 토끼의 수가 엄청나게 빠른 속도로 늘게 되지. 다시 한번 살펴보자. 처음에는 토끼가 딱 한 마리였어. 한 달 후에도 여전히 한 마리였고. 그런데 두 달째 두 마리가 되었고, 세 달째 세 마리로 늘어났고……"

"그러고는 다섯 마리가 되었죠. 그다음엔 여덟 마리, 이제는 열세 마리로 늘어났네요."

수학 마법사와 앨리스가 수들을 말하자 그들의 입에서 자줏빛 연기가 새어나와 빛나는 숫자로 바뀌며 공중에 순서대로 둥둥 떠올랐다.

1 1 2 3 5 8 13

수학 마법사가 설명을 시작했다.

"보이는 것처럼 각각의 수는 앞에 있는 수 두 개를 더한 값이란다. 2=1+1, 3=1+2, 5=2+3, 8=3+5, 13=5+8……"

"그럼 손뼉을 한번 더 치면 스물한 마리의 토끼들이 뛰어놀게 되겠네요. 그다음에는 서른네 마리, 그다음에는 쉰다섯 마리, 또 그다음에는 여든아홉 마리, 이렇게 늘어나고요."

"그래, 맞다. 이 수열은 레오나르도 피보나치라는 사람이 발견한 거란다. 12세기 이탈리아의 위대한 수학자였는데, '피사의 레오나르도'라고도 불리지. 수학 분야에서 이런저런 훌륭한 업적을 세웠는데, 특히 유럽에 아라비아의 수 체계를 들여온 장본인이기도 해. 물론 당시에도 스페인에서는 이미 아라비아의 수 체계가 알려져 있긴 했지만 말이다. 어쨌든 굉장히 흥미로운 이 수열은 피보나치가 토끼의 수가 늘어나는 것에 대해 생각하던 중 만든 거란다."

"그런데 이 수열은 어떤 곳에 쓰이는 거예요?"

"꽤 중요하게 응용되지. 대자연 속에서도 자주 등장하고 말이다. 예를 들어 식물이 자라나고 가지가 분화되는 방식이 조금 전 살펴본 수열이나 이 비슷한 수열로 설명될 수 있어. 그래서 피보나치의 수열은 무한히 존재할 수 있는 거지."

"다른 수열들은 어떤가요?"

"주의깊게 살펴보면 이 수열은 처음 두 개의 숫자 항에 의해 정해진단다. 세번째 수가 바로 앞선 두 수의 합이기 때문이지. 네번째 수는 세번째 수에 두번째 수를 더한 값이고. 만약 1 두 개가 아니라 다른 수 두 개로 시작한다면 또다른 수열들이 만들어질 거다."

2, 2, 4, 6, 10, 16, 26, 42, 68, 110, ⋯

2, 1, 3, 4, 7, 11, 18, 29, 47, 76, ⋯

3, 2, 5, 7, 12, 19, 31, 50, 81, 131, ⋯

"그런데 빨리 덧셈하는 비법은 어떻게 된 거예요?"

"지금 당장 가르쳐주마. 두 개의 수로 이루어진 수를 하나 생각해보렴. 그리고 그 두 수를 위아래로 배치하거라."

앨리스가 수를 말하자 두 개의 숫자가 공중에 둥둥 떠올랐다.

4
2

"이제 두 수의 합을 그 아래에 적어보렴."

"6이네요."

연기 숫자 6이 자기 위치를 찾아가 사뿐히 자리잡았다.

4
2
6

"이제 그 아래에 2와 6의 합을 쓰렴."

"피보나치 수열이네요."

"맞다. 네가 피보나치 수열을 모른다고 칠까 했는데 이미 다 아는 것 같으니 네가 직접 4와 2로 시작되는 피보나치 수열의 첫 열 개 항을 써보겠니?"

"좋아요."

4
2
6
8
14
22
36
58
94
152

"잘했다. 열 개 항을 모두 더하니 396이 되는구나."

앨리스가 목록을 완성한 순간 수학 마법사가 곧이어 말했다.

"제가 공중에 숫자들을 띄우는 동안 그 수를 다 더할 시간을 버신 거잖아요."

"맞다. 하지만 나는 수를 다 더한 게 아니다. 곧바로 답을 찾아낼 수 있었지. 너도 비법을 들으면 나처럼 곧바로 답을 찾을 수 있을 거다."

"어떤 비법인데요?"

"아주 간단해. 처음 두 개의 숫자를 a, b라고 하면 그 수열은 이렇게 되겠지."

수학 마법사는 보고 있던 책장을 넘겨 여러 개의 문자와 숫자로 이루어진 수식을 앨리스에게 보여줬다.

$$a$$

$$b$$

$$a + b$$

$$a + 2b$$

$$2a + 3b$$

$$3a + 5b$$

$$5a + 8b$$

$$8a + 13b$$

$$13a + 21b$$

$$21a + 34b$$

"문자 숫자 섞어 쓰는 수식은 딱 질색인데 이건 뭔지 알겠어요."

"a줄과 b줄을 모두 합하면 열 개 항의 합이 $55a+88b$가 된다는 사실을 알 수 있지. 그런데 수열의 일곱번째 항인 $5a+8b$의 모양을 잘 살펴보렴. 알겠니? 바로 이 일곱번째 항에 11을 곱한 값이 열 개 항을 전부 더한 값과 같단다. $(5a+8b)$

$\times 11 = 55a + 88b$가 되니까. 그다음, 두 개의 수로 구성된 하나의 수에 11을 곱한 값을 구하기란 아주 쉬워. 두 개의 수를 서로 더하고 그 덧셈 값을 두 수 사이에 놓으면 되거든. 예를 들어 36에 11을 곱한 값은, $3+6=9$니까 그 값을 3과 6 사이에 두어 $36 \times 11 = 396$이 되는 거란다."

"이제 알겠어요. 이런 식의 수열에서 총합을 구하려면 우선은 일곱번째 항에 주목해야겠네요. 거기에다 11을 곱하면 답이 나오니까."

"아주 잘했다. 그럼 이제 세 개의 숫자로 이루어진 수를 하나 생각해보렴."

노인은 이렇게 말하고는 앨리스를 등지고 뒤돌아섰다.

"네, 생각했어요."

"나한테 안 들리게 작은 목소리로 그 수를 말해보거라."

앨리스는 '236' 하고 중얼거렸다. 앨리스의 입에서 가느다란 붉은 연기 한줄기가 새어나오더니 공중에서 숫자의 모양을 갖췄다.

"그런 다음에는요?"

"똑같은 수를 반복해서 말해봐."

앨리스는 또다시 '236' 하고 속삭였다. 그러자 세 개의 숫자가 먼저 있던 숫자들과 이어져 236,236의 모습을 이루었다.

"이제 되었어요."

"이제 그 수를 7로 나눠보거라. 그리고 그 값을 나한테 안 들리게 작은 목소리로 말해보렴."

앨리스가 혼자 중얼거리며 나눗셈을 했더니 앨리스가 말하는 대로 공중에서 연산이 이루어졌다. 마침내 33,748로 나눠떨어지는 몫을 얻어냈다.

"끝났어요. 다행히 구구단 7단을 배운 뒤라……"

"이제 그 결과를 다시 11로 나누거라."

앨리스는 33,748을 11로 나누었고 3,068이라는 몫을 얻었다.

"다시 딱 나눠떨어지네요!"

"이제 그 결과를 다시 13으로 나누거라."

나눗셈을 끝낸 앨리스가 말했다.

"신기하네요. 몫이……"

"네가 처음 생각했던 수와 같지."

수학 마법사가 다시 앨리스 쪽으로 돌아섰다. 공중에는 가느다랗게 쓰인 236이라는 숫자가 반짝이며 둥둥 떠 있었다.

"그걸 어떻게 아셨어요?"

"아주 간단해. 세 자리 수를 두 번 이어 쓴 값은 그 세 자리 수를 한 번 쓰고 1,001을 곱한 값과 같다. 그리고 1,001은 7과 11과 13을 곱하면 나오는 값이지. 만약 어떤 수에 1,001을 곱했다가 다시 1,001로 나눈다면……"

"원래의 수와 같은 수가 되겠죠."

"그래, 맞다. 단순한 비법이지만 효과가 만점일 거야. 친구들에게 가르쳐주면서 수학을 즐겨보려무나."

"네, 이제는 그럴 수 있겠어요. 이거 말고 새로 알게 된 비법들도 마음에 쏙 들어요. 분명 우리 수학선생님도 그런 것들은 잘 알지 못할 거예요. 선생님한테 본때를 보여줘야지."

"그래, 너는 이제 꼬마 수학 마법사다."

노인은 자신이 쓰고 있던 고깔모자를 벗어 앨리스의 머리에 씌워줬다.

"저기 올라가 앉으렴."

앨리스는 마법사가 앉았던 옥좌에 앉았다. 수학 마법사가 자신이 읽고 있던 책을 앨리스의 품에 안겨줬다. 그런데 순간 노인의 얼굴에서 어디선가 본 듯한 수수께끼 미소가 비쳤다. 앨리스는 그제야 그가 누군지 알아챘다.

"찰리 아저씨였군요!"

그러자 노인의 늘어진 검은 튜닉과 희고 긴 수염이 공중에서 사르르 녹아버렸다. 그리고 이제 앨리스 앞에는 근심어린 얼굴에 남루한 행색을 한 작가 루이스 캐럴이 서 있었다.

"그래. 내가 수학 마법을 무척 좋아하거든. 가끔은 그럴듯한 분위기를 만들어볼까 해서 변장을 하기도 하지. 관찰력이 뛰어난 아이라 금세 알아냈구나. 그러니 앨리스, 이제 너는 잠에서 깨어나도 돼.”

“잠에서 깨어나도 된다고요?”

“그래.”

찰리가 다정한 눈빛으로 쳐다보며 한 손을 앨리스의 어깨에 얹었다.

“일어나렴.”

에필로그

"일어나렴!"

앨리스는 깜짝 놀라 두 눈을 번쩍 떴다. 미소 띤 공원 관리인이 눈앞에 서 있었다. 앨리스의 어깨를 부드럽게 흔들며 잠을 깨우던 참이었다.

"일어나요, 꼬마 아가씨. 햇빛이 강해서 일사병 걸릴라."

앨리스는 공원의 바위 벤치에 앉은 채였고, 품에는 펼쳐진 수학책이 안겨 있었다.

"공부하다가 깜빡 잠이 들었나봐요."

공원 관리인이 앨리스가 들고 있던 책을 흘깃 봤다.

"수학 공부를 하고 있었던 거라면 깜빡 잠드는 게 이상한 일도 아니지. 수학만큼 지루한 과목이 어디 있겠니?"

그러자 앨리스가 목청 높여 대답했다.

"지루하다고요? 절대 안 그래요! 수학이 얼마나 재미있는데요! 자, 아저씨, 세 개의 숫자로 이루어진 수를 하나 생각해 보세요……"

옮긴이의 말

누가 수학 속의 즐거움을 훔쳤나

어휴, 이 망할 놈의 수학!

햇살이 눈부시게 반짝이는 아침, 앨리스는 공원 벤치에 앉아 수학 숙제를 하고 있다. 수학이 몹시도 싫은 앨리스는 수학 공부를 하느니 차라리 신나게 놀거나 재미있는 모험소설을 읽고 싶다. 그런데 그 순간 벤치 옆 덤불 뒤에서 옥스퍼드의 수학자요, 그 유명한 『이상한 나라의 앨리스』의 작가이기도 한 루이스 캐럴이 불쑥 모습을 드러낸다. 신기하게도 앨리스는 그와 얘기를 주고받는 사이 지루하고 따분하기만 했던 수학에 점차 흥미를 느끼게 된다.

루이스 캐럴은 곧 앨리스에게 솔깃한 제안을 한다. “나와 함께 숫자나라를 여행해보지 않겠니?" 책읽기가 싫어 따분한 오후를 보내고 있던 그 옛날의 '앨리스'가 하얀 토끼를 따라 '이상한 나라'로 한바탕 모험을 다녀왔듯, 수학을 끔찍이도 싫어하는 또 한 명의 '앨리스'는 그렇게 루이스 캐럴을 따라 기발하고 새로운 모험이 기다리는 '숫자나라'로 여행을 떠나게 된다.

앨리스, 호기심과 상상력이 수학의 미로에서 너를 구할 거야.

아동 청소년 문학가이자 수학자인 카를로 프라베티는 『망할 놈의 수학』을 통해 수학이 지루하고 어렵다며 불평불만을 늘어놓는 세상의 모든 '앨리스'들에게 수학을 재미있게 여길 수 있는 흥미로운 통로를 하나 열어준다. 『이상한 나라의 앨리스』를 차용하고 원작자인 루이스 캐럴까지 불러내 '숫자나라의 앨리스'라는 또하나의 기상천외한 모험담을 만들어낸 덕분이다.

작가는 수학에 대한 부정적 이미지를 긍정적으로 변화시키기 위해 곳곳에 재기 발랄한 장치들을 배치해, 독자들이 이야기의 재미는 물론이요, 수학적 흥미도 놓치지 않게 한다. 이야기는 수학을 싫어하는 열한 살의 앨리스에게 나이를 묻고 셈하는 것에서 시작된다. 루이스 캐럴은 초콜릿과 초콜릿 사탕의 관계가 덧셈과 곱셈의 관계와 같다는 식의 비유를 통해 수학적 흥미를 자극하고, 앨리스 스스로 호기심과 상상력을 발휘해 의욕적으로 체험해갈 수 있도록 숫자나라로의 시공간 여행을 배치한다. 이로써 독자는 앨리스의 여정에서 마주치는 기이한 상황들을 수학적 방식으로 이해하고 헤쳐나가는 한편, 엉뚱한 인물들과 얘기를 주고받는 과정에서 자연스럽게 수학적 사고력을 높이게 된다.

잔혹한 하트의 여왕 이야기로 알 수 있는 소수의 특성, 에라토스테네스의 체로 걸러본 소수들의 목록, 제아무리 복잡한 미로라 하더라도 한쪽 벽을 손으로 짚고 그 손을 떼지 않은 채 계속 따라가면 미로를 탈출할 수 있다는 위상기하학의 원리, 구구단은 물론이요 덧셈과 곱셈의 교환법칙까지 일깨워준 암소 여인 미노바카, 밀알 사막에서 만난 시르함 왕의 체스판이 품은 기하급수의 비밀, 숫자나무의 숲을 대각선으로 가로질러가며 터득한 가우스의 법칙과 등차수열, 다섯시 다과회에서 배우게 된 미터 단위의 특성, 거북이의 등딱지에서 유도해낸 마방진의 원리, 토끼의 탄생을 보며 발견한 피보나치 수열.

이렇게 앨리스는 수학적 원리가 풍성한 환상의 나라에서 수학 마법의 비밀을 깨달으며 신나는 모험을 즐기게 된다. 만약 이 여정이 누군가의 강요에 의한 것이었다면, 하기 싫은 핑

계와 변명이 점점 더 많아지지 않았을까? 하지만 앨리스는 숫자나라를 여행하는 동안 상상력과 호기심을 유감없이 발휘하고, 끊임없이 '왜'인지를 질문하고 질문 받으며 능동적으로 그 과정을 즐긴다.

수학은 재미있는 과목이라고요!

수학이 어렵다고 느껴지는 이유는 수학의 용어나 원리가 지나치게 추상화되어 있기 때문인지도 모른다. 그리고 수학을 설명하는 많은 이론이나 공식이 창의력과 응용이 요구되는 수학 교육의 본질에서 벗어난 경우가 많기에, 오히려 아이들이 수학에서 멀어져가는지도 모른다. 그러니 "수학은 아무짝에도 쓸모없는데 왜 공부해야 하나"라는 불만도 충분히 공감할 만하다.

작가 카를로 프라베티는 『망할 놈의 수학』을 통해 수학이 어려운 공식과 기호를 무조건 익히고 외우고 계산해서 해답을 구하는 학문이 아니라, 일상과 주변에서 논리를 발견하고 이해해나가는 창의력 교육의 과정임을 말하고 있다. 따라서 딱딱한 수학교과서에서 벗어나 '이야기하기' 방식을 통해 아이들 스스로 수학적 흥미와 중요성을 느끼고 깨닫게 한다. 앨리스와 함께하는 이 신나고 재미난 모험에서 우리에게 필요한 것은, 문제 해결 과정을 자유롭게 즐기게 해줄 '왜일까?'라는 호기심과 창조적 상상력, 그리고 논리적인 사고다. 결국 이것이 바로 수학 마법의 비법이 아닐까?

자, 이제 앨리스의 여행을 새롭게 따라가보자. "수학이 얼마나 재미있는데요!"라고 외치는 앨리스처럼, 우리 모두 이 여행을 하는 동안 수학이 주는 새로운 기쁨을 실컷 만끽할 수 있기를, 그리고 이 여행의 끝에 수학의 아름다움을 조금이나마 깨달을 수 있기를 기대한다.

최유정

지은이 **카를로 프라베티**

1945년 이탈리아 볼로냐에서 태어났다. 어렸을 때 온 가족이 스페인으로 이주한 이후 스페인어로 작품 활동을 하고 있다. 뉴욕과학아카데미의 회원으로서 과학과 수학을 접목시킨 아동·청소년 문학의 대중화에 힘쓰고 있으며, 영화·TV 프로그램·만화·연극·문화비평 등 다방면에서 활약하고 있다. 『위대한 놀이』로 1998년 하엔 청소년문학상, 『기예르모의 도서관』으로 2004년 가톨릭아동위원회상, 『책을 처방해드립니다』로 2007년 엘 바르코 데 바포르 상과 화이트 레이븐 상, 『너는 어떤 사람이 되고 싶어?』로 2019년 세르반테스 아동문학상과 2020년 생애 두번째로 엘 바르코 데 바포르 상을 수상했다. 대표작 『망할 놈의 수학』은 전 세계 20여 개국에 출판되어 100만 부 판매를 돌파했다.

옮긴이 **최유정**

덕성여자대학교 스페인어과를 졸업하고, 서울대학교 서어서문학과 대학원에서 공부했다. 서울대학교와 연세대학교에서 스페인어를 가르치며 스페인어권 문학과 문화를 소개하고 있다. 제6회 한국문학번역 신인상을 수상했다. 옮긴 책으로 『표류자들의 집』 『영원한 젊음』 『수학이 정말 우리 세상 곳곳에 있다고?』 『물리학이 정말 우리 세상을 움직인다고?』 등이 있다.

감수 **이광연**

성균관대학교 수학과를 졸업하고 동대학원에서 박사학위를 받았다. 미국 와이오밍 주립대학교에서 박사후 과정을 마쳤고, 아이오와 주립대학교에서 방문교수를 지냈다. 현재 한서대학교 수학과 교수로 재직하고 있다. 제7차 개정교육과정 중·고등학교 수학 교과서, 2009년 개정교육과정 중·고등학교 수학 교과서, 2015년 개정교육과정 중·고등학교 수학 교과서를 집필했으며, 2017년에 학습자 중심 교과서 체제 마련에 이바지한 공로가 인정되어 교육부 장관 표창을 받았다. 지은 책으로 『웃기는 수학이지 뭐야』 『수학, 인문으로 수를 읽다』 『수학, 세계사를 만나다』 『미술관에 간 수학자』 『한국사에서 수학을 보다』 등이 있다.

문학동네 세계문학
망할 놈의 수학

1판 1쇄 2014년 2월 6일 | 1판 8쇄 2019년 3월 18일
2판 1쇄 2022년 4월 26일 | 2판 2쇄 2022년 11월 14일

지은이 카를로 프라베티 | 옮긴이 최유정 | 감수 이광연
편집 고선향 이은현 김이선 | 독자모니터 라순현
디자인 고은이 최미영 | 저작권 박지영 형소진 이영은 김하림
마케팅 정민호 이숙재 박치우 한민아 이민경 안남영 왕지경 김수현 정경주
브랜딩 함유지 함근아 김희숙 고보미 박민재 박진희 정승민
제작 강신은 김동욱 임현식 | 제작처 더블비(인쇄) 천광인쇄사(제본)

펴낸곳 (주)문학동네 | 펴낸이 김소영
출판등록 1993년 10월 22일 제2003-000045호
주소 10881 경기도 파주시 회동길 210
전자우편 editor@munhak.com | 대표전화 031) 955-8888 | 팩스 031) 955-8855
문의전화 031) 955-3578(마케팅) 031) 955-1917(편집)
문학동네카페 http://cafe.naver.com/mhdn
인스타그램 @munhakdongne | 트위터 @munhakdongne
북클럽문학동네 http://bookclubmunhak.com

ISBN 978-89-546-8611-2 03870

잘못된 책은 구입하신 서점에서 교환해드립니다.
기타 교환 문의 031) 955-2661, 3580

www.munhak.com